静山社ペガサス文庫

ルイスと不思議の時計 1

ルイスと不思議の時計

ジョン・ベレアーズ 作　三辺律子 訳

わたしがわたしでいられるようにしてくれた妻(つま)、
プリシラへ。

もくじ

主な登場人物

ルイス・バーナヴェルト

10歳の少年。両親を自動車事故で亡くしている。

ジョナサン・バーナベルト

ルイスのおじ。古い屋敷に住んでいる魔法使い。

ツィマーマン夫人

ジョナサンのおとなりに住んでいる魔女。

タービー・コリガン

ルイスの友だち。スポーツが得意な人気者。

アイザック・アイザード

ジョナサンの屋敷の前の持ち主。黒魔術師。

第1章　最初の夜

ルイス・バーナヴェルトはそわそわして、汗ばんだてのひらをバスの座席にこすりつけた。バスはうなり声をあげながら、ニュー・ゼベダイの町へ向かっていた。時は一九四八年、風のある、あたたかい夏の夕方だった。もちろん、それは外の話だ。窓のむこうで、木が月明かりを浴びてそよそよとそよいでいる。でもほかの窓と同じで、ルイスの座席の窓もぴたりと閉じられていた。

ルイスは、自分のはいている紫のコーデュロイのズボンを見おろした。歩くと、カサカサ音が出るようなやつだ。それから手を頭にやって、ワイルドルート印のヘア・クリームでまんなか分けにして、てかてか光っている髪をなでつけた。手がべとべとになったので、また座席にこすりつけた。くちびるが動いている。おいのりを唱えているのだ。ミサの侍者をしていたときのおいのりだった。

おお、主はわが力なり。なぜわたしをお見捨てになるのですか？　なぜこの悲しみに耐えなければならないのですか？　敵に苦しめられているというのに？

ルイスはその先を思いだそうとしたが、たったひとつ頭に浮かんできたのはまた質問だった。

なぜわたしの魂を苦しめ、悲しませるのですか？

最近では頭に浮かぶのは質問ばかりだ。ぼくはどこへいくんだろう？　どんな人と会うだろう？　その人たちのことを好きになるかな？　この先、ぼくはどうなるんだろう？

ルイス・バーナヴェルトは十歳だった。つい最近まで、ルイスは両親とミルウォーキーの近くの小さな町に住んでいた。ところが、おとうさんとおかあさんがある夜とつぜん、自動車事故で亡くなってしまった。そして今、ルイスはミシガン州カファーナウム郡の郡庁所在地であるニュー・ゼベダイに向かっていた。そこで、おじのジョナサンと暮らすことになったのだ。ルイスは、生まれてから一度もおじに会ったことはなかった。もちろん、ジョナサンおじのうわさはいくつか耳にしていた。おじはタバコを吸うとか、お酒を飲むとか、ポーカーをやるとか、そういうことだ。カトリックの家庭ではそんなに目くじらを立てるようなことではなかったけれど、ルイスにはバプテスト教会員の独身のおばさんが二人いて、ジョナサンおじには気をつけるよう言いふくめられていた。そんな警告は必要なかったってことになるといいんだけど、とルイスは思った。

バスが角を曲がると、座席の横の窓に映った自分の姿が見えた。お月さまみたいにまるまる太った顔。てかてか光った頬。くちびるが動いている。ルイスはまた、侍者のときのおいのりを唱えていた。でも今度は、どうかジョナサンおじさんがぼくを気にいってくれますように、と祈っていた。〝おお主よ、わたしをさばいてください……〟ちがう、ぼくをさばかないでください。幸せになれるよう助けてください。

バスがニュー・ゼベダイの〈ヒームソス・レクサル・ドラッグ・ストア〉の前にとまったのは、九時五分前だった。ルイスは立ちあがって、ズボンで手をふくと、網だなからはみでていたやたら大きいボール紙製のスーツケースを力いっぱいひっぱった。ルイスのおとうさんが、第二次世界大戦の終わりにロンドンで買ったものだ。破れて色あせたキュナード汽船のステッカーがベタベタと貼ってある。思いきりひっぱると、スーツケースはぐらりとかたむいて、ルイスの頭の上に落ちてきた。ルイスはなんとかスーツケースを空中に掲げたまま、よろよろと通路のほうに下がり、そのまま勢いよくすわったので、スーツケースがガツンとひざにぶつかった。

「おいおい、気をつけなきゃ！　ご対面の前にあの世ゆきなんてことにならないでくれよ！」

目の前の通路に、赤ひげの男の人が立っていた。モジャモジャのひげのところどころに白いものが混じっている。ビッグマック（ＪＣペニーのオリジナルブランド）のカーキ色のズボンは、突きでたおなかで前がパンパンにふくらんでいて、青い作業シャツの上に、金ボタンのついたまっかなベストをはおっていた。ルイスは、ベストにポケットが四つもついているのに気づいた。上のふたつからはパイプクリーナーが突きでていて、下ふたつのあいだには書類とかを束ねるクリップで作った鎖が渡してある。鎖の片はしは、金時計の竜頭に留めてあった。

ジョナサン・ヴァン・オールデン・バーナヴェルトは、煙の出ているパイプを口からはなすと、手を差しだした。

「やあ、ルイス。わたしがおじのジョナサンだ。きみのおとうさんがむかし送ってくれた写真のおかげで、すぐわかったよ。ニュー・ゼベダイへようこそ」

ルイスはおじと握手して、おじの手の甲がくるくる巻いた赤い毛でおおわれているのに気づいた。もつれた毛は袖のところまで続き、その先は袖のなかへ消えていた。ルイスは、おじさんの体も毛むくじゃらなのかな、と思った。

ジョナサンはスーツケースを持ちあげると、バスのステップを下りはじめた。

「こりゃあ、ずいぶん重いな。底に車輪をつけるべきだよ。ふう！　まさか家からレンガをつめてきたわけじゃあるまいね？」

家のことを口にしたとたん、ルイスがひどく悲しそうな顔をしたので、ジョナサンは話題を変えることにした。ジョナサンはコホンと咳払いをすると、言った。「さあて！　つづきだ。カファーナウム郡にようこそ。美しい歴史の町、ニュー・ゼベダイにようこそ。

人口は六千、とはいえ……」

上のほうで、時計の鐘が鳴りはじめた。

とたんにジョナサンはしゃべるのをやめ、凍りついた。スーツケースがどさっと落ち、腕が両わきにだらんと垂れた。ルイスはこわくなって、おじを見あげた。ジョナサンの目はとろんとしていた。

ガランガランと鐘は鳴りつづけた。ルイスは上を見た。音は通りをはさんだレンガの高い尖塔から聞こえてくる。鐘楼のアーチがそれぞれ、うなり声をあげている口と大きく見開かれた目のように見える。口の下には、大きな輝く文字盤があり、鉄製の数字がついていた。

ガラーン。鐘はもう一度鳴った。鉄製で内側は深くくりぬかれ、その音を聞いていると、ルイスは夢も希望もないような気持ちになった。こういう鐘の音はいつもそんな気持ちにさせる。でも、ジョナサンおじさんはいったいどうしちゃったんだろう?

鐘の音がやんだ。ジョナサンははっと正気をとりもどした。痙攣したようにブルブルッと頭をふると、発作的に手を顔にやった。全身汗ぐっしょりだった。ジョナサンは、額と頬の汗をぬぐった。

「フウ……ハア！　フハア！　アア！　すまん、ルイス。いや、その、思いだしたんだよ。そう……ストーブの上にやかんをおきっぱなしにしてきちまったんだ。わたしはいつも、忘れてたことを思いだしたり、覚えてたことを忘れたりすると、あんなふうに動けなくなっちまうんだ。今ごろ、やかんの底はだめになっとるな。よし、じゃあいこうか」

ルイスはおじのことをじっと見たけれど、なにも言わなかった。二人はいっしょに歩きはじめた。

　こうこうと明るい中心街をはなれ、ルイスたちは長い並木道を急ぎ足で下っていった。そこはマンション・ストリートという通りだった。頭の上にかぶさるように張りだした大枝が、サラサラとそよぐ長いトンネルを作っていた。街灯の光がずっと先まで点々と続いている。歩きながら、ジョナサンはルイスに、学校の勉強はどうだいとか、ジョージ・ケル（デトロイト・タイガースなどで活躍した内野手）の今年の打率を知ってるかいなどとたずねた。これからミシガンに住むんだから、タイガース・ファンにならないとな、とジョナサンは言った。もうスーツケースのことはなにも言わなかったけれど、しょっちゅう立ちどまっては、スーツケースをおろして赤くなった手を曲げたり伸ばしたりした。

ルイスは、街灯と街灯のあいだの暗いところにくるとジョナサンの声がいちだんと大きくなるような気がした。でも、どうしてかはわからなかった。おとなってものは、暗やみをこわがらないことになっている。第一、ここは暗いさびしい通りではない。ほとんどの家には明かりがついていたし、あちこちから笑ったりしゃべったりドアをバタンと閉める音が聞こえた。やっぱりおじさんは変わってる。でも変わり者でも、感じのいい変わり者だった。

マンション・ストリートとハイ・ストリートの角にくると、ジョナサンは立ちどまった。そして、〈郵便物以外おことわり〉と書かれた郵便受けの前にスーツケースをおろした。

「わたしはこの丘のてっぺんに住んでるんだ」ジョナサンはそう言って、上を指さした。

ハイ・ストリートというのは、この通りにぴったりの名前だった。二人は前かがみになって、少しずつゆっくりと高い丘を登っていった。ルイスは途中何度も、自分でスーツケースを持ちます、と言ったけれど、そのたびにジョナサンはいやいや、けっこう、だいじょうぶだから、と言った。ルイスは、あんなにいっぱい本やなまりの兵隊を入れるんじゃなかった、と後悔しはじめた。

丘のてっぺんにつくと、ジョナサンはスーツケースをおろした。そして、赤いバンダナを取りだして顔の汗をぬぐった。

「さあ、ついたぞ、ルイス。バーナヴェルト一世一代の道楽のたまものだ。気にいったかい？」

ルイスは顔をあげた。

そこには、正面に高い小塔のある三階建ての石造りの館がたっていた。一階も二階も三階も、家じゅうの明かりがついている。小塔のてっぺんの屋根板に目玉のようにあいた長円型の小さな窓まで、こうこうと光っていた。正面の庭にはクリの大木があって、あたたかい夏のそよ風に吹かれてサラサラと鳴っていた。

ジョナサンは足を開いて手をうしろに組み、休めの姿勢で立っていた。ジョナサンはもう一度きいた。「気にいったかい、ルイス？ ん？」

「もちろんだよ、ジョナサンおじさん！ ずっとこういうむかしからのお屋敷に住んでみたかったんだ。本物のすごいお屋敷だ！」

ルイスは飾りのついた柵に近づいて、てっぺんにずらりと並んだ鉄の玉にさわってみた。そして、赤いガラスの反射板に書かれた〈100〉という表示をじっと見つめた。

「これって本物だよね、ジョナサンおじさん？　この家のことだよ」

ジョナサンはおかしな顔をしてルイスをチラッと見た。「ああ……そうだよ……そうさ、もちろん本物だ。さあ、なかへ入ろう」

ジョナサンは門に掛け金代わりに結びつけてあった靴ひもの輪をはずした。門はギイーッと音をたてて開いた。ルイスは玄関へ続く小道をあがりはじめた。ジョナサンもスーツケースをウンウンひきずりながら、そのあとに続いた。正面玄関のあがり段をのぼると、玄関ホールは暗かったけれど、突きあたりにぽつんと明かりがついていた。ジョナサンはスーツケースをおくと、ルイスに腕をまわした。

「さあ、おはいり。遠慮することはない。もうここはおまえさんの家なんだから」

ルイスは、長い廊下を歩いていった。永遠に続いているように思える。ようやく突きあたりまでくると、ルイスは黄色い光のあふれた部屋に入った。壁のあちこちに重厚な金メッキの額に入った絵がかけられ、マントルピースの上はありとあらゆるガラクタのよせあつめでうめつくされていた。部屋のまんなかに大きなまるいテーブルがあって、そのむこうの角に白髪の女の人が立っていた。だぶだぶの紫の服を着ている。女の人は壁にほおをくっつけるようにして、耳をすませていた。

ルイスははっと立ちどまって、女の人を見つめた。ひどくばつが悪かった。だれかがやってはいけないことをしているところにずかずか入っていってしまった気分だ。ルイスもジョナサンも部屋に入るときけっこう音をたてたはずだけれど、だれだか知らないこの女の人が、驚いたのはまちがいなかった。びっくりしていたし、やっぱりひどくばつが悪そうだった。

女の人は背筋をしゃんとさせると、ドレスのしわを伸ばし、明るい声で言った。「こんにちは。わたしはツィマーマン夫人。おとなりに住んでるの」

こんなしわだらけの顔見たことないや――ツィマーマン夫人の顔をじっと見つめながらルイスは思った。でも目は優しくて、しわはどれもキュッとあがって笑いじわになっている。ルイスは握手した。

「ルイスだよ、フローレンス」ジョナサンは言った。「チャールズが手紙に書いてきたのは覚えているだろう？　どうしたもんだか、バスは時間どおりついたんだ。運転手が酒を飲んでたにちがいないよ。おいおい、まさかわたしのコインをとっちゃいないだろうね？」

　ジョナサンはつかつかとテーブルに歩み寄った。そのときはじめて、ルイスは、赤いチェックのテーブルクロスの上にコインが山と積まれているのに気づいた。ありとあらゆる種類のコインがある。ほとんどが外国のものだ。まんなかに開いた穴にひもを通して結び目の練習に使ったらしいアラブのコイン。カイゼルひげを生やしたはげ頭の男の肖像が刻印されたこげ茶の銅貨の山。ずしりと重いイギリス・ペニーのヴィクトリア女王は、時代が下るにつれあごの形だけが少しずつ変わっている。指のつめほどの厚さもない小さな銀貨もあったし、卵のような形をしたメキシコの一ドル銀貨や、緑のカビにおおわれた本物のローマ時代のコインもあった。でもいちばん多いのは、金ピカの山を作っている真ちゅうのコインだった。ボン・ポワー・アン・フランと刻まれている。ルイスはその響きが気にいった。フランス語は読めなかったけれど、どうしてだかこの言葉はルイスの頭のなかで、いつのまにかこんばんは、フランクになった。

「いいえ、わたしはただの一枚だって、あなたのだいじなドブロン金貨をとったりしていませんよ」ツィマーマン夫人はむっとした声で言った。「ただ、積み重なっているのをまっすぐにしただけです。わかったわね、このひげおやじ！」

「まっすぐにした、ねえ。前にも同じセリフを聞いたぞ、このオニばばあめ！　だが、そんなことはどうでもいい。どうせ今からコインを三つに分けなおすんだ。ポーカーはできるだろ、ルイス？」

「うん。でもおとうさんは……」ルイスは黙った。ルイスの目に涙が浮かんでいるのに、ジョナサンは気づいた。ルイスは泣きそうになるのをぐっとこらえて、続けた。「おと……おとうさんはお金をかけるのはだめだって言ってた」

「まあ、わたしたちもお金をかけたりしませんよ」ツィマーマン夫人は笑いながら言った。「もしかけていたら、今ごろこの家も、なにもかもぜんぶわたしの持ちものになっていたでしょうね」

「ふう、そのとおりだ」ジョナサンはぷかぷかとパイプをふかしながら、カードを切った。「ふう、まさにな。配りおえたかい、いじわるばあさん？　まだ？　準備ができたら、親決めだ。ゲームのルールを決めよう。わたしが最初の親だ。〝窓からつば吐き〟とか〝ジョニーのねまき〟みたいなご婦人の手はなし。交換は一回、五枚まで。ワイルドカードはなし」ジョナサンはまたパイプをふかして、最初の札を配ろうとした。ところがふと手をとめて、いたずらっぽい笑いを浮かべてツィマーマン夫人のほうを見た。

「そうだ、ルイスにアイスティーを持ってきてやったらどうだい？　それからわたしにももう一杯。砂糖はいらんよ。チョコレートチップ・クッキーももうひと皿ほしいな」

ツィマーマン夫人は立ちあがって、わざとへつらうように手を前に組んだ。「クッキーはどんなふうにして召しあがりますか、だんなさま？　あなたさまののどに一個ずつ、ぐいぐいつめこんでさしあげましょうか？　それとも、ボロボロにしてシャツの襟にふりかけましょうか？」

ジョナサンはツィマーマン夫人に向かって舌を突きだした。「相手にするな、ルイス。自分のほうがわたしよりたくさん学位を持っているもんだから、かしこいと思ってるんだ」

「どっちにしたって、あなたよりわたしのほうがかしこいですよ、この変わり者！　ではみなさま、ちょっと失礼。すぐもどってきますから」ツィマーマン夫人はくるりとうしろを向いて、台所へ入っていった。

ツィマーマン夫人が席をはなれているあいだ、ジョナサンは練習カードを配った。ルイスが手に取って見ると、札は古くてボロボロだった。角もほとんどとれている。色あせた青色の裏面には、まんなかにアラジンの魔法のランプを描いたまるい金色のシールが貼ってあった。シールの上と下に、なにか書いてある。

カファーナウム郡
魔法使い協会

ツィマーマン夫人が、クッキーとアイスティーを持ってもどってくると、真剣勝負が始まった。ジョナサンは札を集め、プロ並の手つきでバラバラバラバラと札を切った。そしてシャッフルすると、配りはじめた。アイスティーをすすると、ルイスはほっとして、くつろいだ気分になった。

ルイスたちは真夜中になるまで、ゲームを続けた。そのころになると、ルイスの目の前に、赤と黒の斑点が飛びはじめた。パイプからあがる煙がテーブルの上に何層にもなってたちこめ、フロアランプのかさから柱のようにたちのぼった。煙のせいで、フロアランプはどこか魔法がかったように見え、まるでもうひとりプレーヤーがいるみたいだ。それからもうひとつ、魔法がかったことが起こった。ルイスが勝ったのだ。それも何度も。いつもはまるでつきに見放されているのに、この夜はストレート・フラッシュや、ロイヤル・フラッシュや、フォア・カードを何度も出した。毎回勝ちはしなかったけど、着実に勝ちを重ねた。

　そうなったのも、ジョナサンがポーカーにからっきし弱かったせいかもしれない。ツィマーマン夫人が言ったことはほんとうだった。ジョナサンはいい手札がくるたびに、得意そうに鼻で笑って口の両端からぷかぷかと煙を吐く。ところが手札が悪いとむくれて、もどかしげにパイプの柄を噛むのだ。ツィマーマン夫人は、テーブルの下に2のペアしか持っていなくても、はったりをかけるような巧いプレーヤーだった。でも、その夜にかぎってはいい札に恵まれなかった。きっとルイスが勝ちつづけたのは、そのせいだろう……たぶん。でも、ルイスはなにかへんだぞ、と思った。

ひとつには、配られた札をとろうと手を伸ばした瞬間、すくなくとも一度か二度、札が入れ替ったからだ。まちがいない。札が……そう、まるで拾いあげたときに、するっと変わるような感じなのだ。でも、ルイスが配るときは、けっしてそういうことは起こらない。そうなるのは、かならずジョナサンかツィマーマン夫人が配ったときだった。それに、手が悪いので下りようとして、最後にもう一度ちらっと札を見ると、すごくいい手になっていたことも一度ならずあった。なにかおかしかった。

炉棚の上の時計がウィーンと音をたて、それからカーン、カーンと真夜中の時を告げはじめた。

ルイスは、ジョナサンおじのほうへさっと目を走らせた。落ちつきはらって、パイプをふかしている。でも、ほんとうにそうだろうか？　なにかに耳をすませているようにも見える。

すると、家じゅうの時計がいっせいに鳴りはじめた。ルイスはうっとりと聞きいった。かんだかいチーンチーンという音、カンカンという金属音、玄関のベルみたいな電子音、ハト時計のハト、中国のドラのグワアアアン、グワアアアンという低い不気味な音。ほかにもまだまだたくさんの時計の音が、家じゅうに反響した。時計たちが競演をくりひろげているあいだ、ルイスはちらちらとジョナサンのほうを見た。けれども、ジョナサンはルイスのほうを見もせず、じっと壁を見つめている。目がまたとろんとしている。そしてツィマーマン夫人は、そのあいだじゅうじっとテーブルクロスを見つめたますわっていた。

最後に鳴ったのは、書斎にある箱型の大時計だった。まるでブリキのお皿をいっぱいつめこんだ旅行用トランクが、ゆっくりグワーン、グワーンと階段を落ちていくような音だった。大時計が鳴りおわると、ジョナサンははっと顔をあげた。

「フム、で、なんだったかな？　ああ、ルイス。もう真夜中だな？　トランプはおしまい。寝る時間だ」

ジョナサンはすばやくテーブルの上をかたづけはじめた。トランプの札を集めて重ねると、パチン！　と輪ゴムをはめた。それからテーブルの下に手を入れて、赤いキャンディの缶を取りだした。ふたに、ニュー・ゼベダイの地方裁判所の絵がついている。ジョナサンはジャラジャラとコインをかき集めて缶のなかに入れ、パンとふたを閉めると、ガラッと椅子をひき、受け皿にカチンとパイプをおいて、ひざの上で手を組んだ。

「よし！　それで、ハイ・ストリート一〇〇番地は気にいったかい、ルイス？」

「最高だよ、ジョナサンおじさん。この家も気にいったし、町も気にいったし、それにおじさんたちのことも大好きだ」

　おせじではなかった。ジョナサンはおかしなふるまいをするし、ツィマーマン夫人は立ちぎきのくせがあるかもしれない。でも、ルイスはニュー・ゼベダイの最初の夜をとても楽しく過ごした。じっさい、今夜は、席でぴょんぴょんはねださないようにするのに苦労したほどだ。そんなことは人前でやってはいけないと、口をすっぱくして言われていたのだ。

　ジョナサンがルイスのスーツケースを持って二階へあがり、ルイスははじめて新しく自分の部屋になる部屋を見た。背の高い黒のベッドは、頭板と足板の上に胸壁のような凹凸がついている。部屋の角にベッドと同じ黒の鏡がある。その横に黒い大理石の暖炉があって、マントルピースに棺おけみたいな黒い時計がのっていた。壁際には背の高いガラスの本棚がおいてある。なかは古い本でいっぱいだ。その上の花びんにはガマがさしてあった。床のまんなかに大きなフックトラグ（麻布に毛糸をさして表にループをつくったじゅうたん）が敷いてあって、ルイスにはアメリカの地図、それもまちがいだらけの地図のように見える模様がついている。古い部屋の暗い木の色が苦手な子どもはたくさんいるけれど、ルイスはとても気にいった。こんな部屋でシャーロック・ホームズは寝ていたんじゃないかな、とルイスは思った。

ルイスはパジャマを着て、バスローブをはおり、スリッパを履くと、ペタンペタンと歩いて洗面所へ向かった。もどってくると、ジョナサンがちょうど暖炉に火をおこしたところだった。

ジョナサンは立ちあがると、ベストについた小枝をパンパンと払った。「さあ、ルイス、どうだい？　ほかにいるものはあるかね？」

「わあ……ううん、おじさん。ないよ。すてきな部屋だね。ぼく、むかしから暖炉のある部屋にあこがれてたんだ」

ジョナサンはにっこり笑った。そして枕元においてある机までいって、読書灯をつけてくれた。

「今夜は好きなだけ読むといい、ルイス。なにしろ学校が始まるまでまだ三週間もあるんだから」

「あんなにポーカーをやったあとだから、そんなに読めるかわからないけど」そう言って、ルイスは大きなあくびをした。「でも、ありがとう。おやすみなさい、ジョナサンおじさん」

「おやすみ、ルイス」

ジョナサンはドアを閉めようとして、ふっと手をとめた。「ああ、そうだ、ルイス。時計の音で寝られないなんてことがないだろうね？　たしかにちょいとうるさいかもしれんが、でも……そう、わたしは気にいっとるんだ。じゃあ、おやすみ」ジョナサンはドアを閉めた。

ルイスは立ったまま、キツネにつままれたように眉を寄せた。この家では、なにかぼくに理解できないようなことが起こってる。ルイスは、教会の尖塔の時計が鳴っているあいだじゅう、ジョナサンがぼうぜんと立ちつくしていたのを思いだした。そして、ツィマーマン夫人は壁に耳をくっつけていた。なにかへんだ。

でも、まあいいや。ルイスは肩をすくめた。だれだって、おかしなことはする。ルイスはベッドにはいあがって、明かりを消した。が、しばらくしてまたつけた。まだ興奮ぎみで、どきどきして眠れそうにない。

ルイスはベッドからはいでると、ぐらぐらして安定の悪そうな竹製の本棚のほうへいった。本棚は、押入れの扉の横にあった。古くて、ほこりだらけの本ばっかり！　ルイスは一冊ひっぱりだすと、袖でほこりをふいた。黒いバックラムの背表紙にあせた金色の文字でこう書いてあった。

ジョン・L・ストッダード
講義
第九巻
スコットランド

イングランド
ロンドン

ルイスは本を開いて、つるつるした光沢のあるページをパラパラとめくってみた。それから本を鼻へ近づけた。オールドスパイス印の化粧用打ち粉みたいなにおいがする。こういうにおいのする本はたいてい面白い。ルイスは本をポンとベッドの上にほうりなげると、スーツケースのほうへいった。しばらくなかをひっかきまわして、ようやくミントチョコの入った細長い箱を見つけた。ルイスは本を読みながら甘いものを食べるのが大好きだった。家にあるお気にいりの本はほとんど、ページのすみっこに茶色いしみがついていた。

数分後、ルイスは枕を背中にはさんで、ベッドにすわっていた。ちょうど、スコットランドの貴族がメアリー女王の目の前でリッツィオを殺したところを読んでいた。ストッダード氏はそれを、紫のつややかなプラムから果汁が四方に飛びちる様子にたとえていた。貴族たちはかわいそうなリッツィオを蹴とばしたり罵声を浴びせたりしながら廊下までひきずっていったうえ、剣で何度も刺したのだ。五十六回、とストッダードは書いていた。でも、だれが数えたのかについては触れていなかった。ルイスはページをめくり、ミントチョコをかじった。今度ストッダードは、血痕の耐久性について述べはじめた。ホーリールードハウス宮殿の広間の床についている血痕がほんとうにリッツィオのものなのかどうか、ああでもないこうでもないと頭を悩ませている。ルイスはあくびが出はじめた。そこで、明かりを消して眠った。

ところが、しばらくして、ルイスはぱっと目を覚ました。夢のなかで、スペードの女王に追いかけられたのだ。すっかり目がさえて、ルイスはベッドの上で起きあがった。こわかったけれど、どうしてかはわからなかった。

ミシッミシッ。だれかが足音をしのばせて廊下を歩いてくる。

ルイスは身じろぎせずにすわって、耳をすませた。足音はルイスの部屋の前までできた。そして、そのまま廊下の向こうに遠のいていった。ミシッミシッミシッ。

ルイスはベッドからすべり出た。できるだけゆっくりと慎重に忍び足でドアのところまでいき、やはりゆっくりと慎重にドアを開けた。ぜんぶではない。ほんのちょっとだけ。そして外をのぞいた。

　廊下は暗かったけれど、突きあたりの窓がぼうっと灰色に光っていた。だれかが動いているけはいがする。すると懐中電灯のほの白いまるい光が、壁紙の上をすうーっと動いた。ルイスはこわくなってドアを閉めた。でも、またほんの少しだけ開けた。懐中電灯の光はとまっていた。と、いきなり、懐中電灯を持った人影がこぶしで壁をたたいた。ドン！小さなしっくいがパラパラと壁と壁のあいだに落ちる音がした。影はドン、ドンと壁をたたきつづけた。ルイスは目を奪われ、ドアをさらに開いた。

　侵入者の影がすっとうしろへ下がった。廊下の窓に、ぬぼーっと大きな影が浮かびあがった。大きくて、ひげがはえていて、パイプをくわえている。ジョナサンおじだ！

　ルイスはできるだけそっとドアを閉め、ドアによりかかった。体がガクガクふるえていた。どうか見られていませんように。おそろしい考えが浮かんできた。ジョナサンおじは頭がおかしいのかもしれない！

　ルイスは暖炉の前の安楽椅子までいって、すわりこんだ。暖炉にくべた黒い蜂の巣がほろほろと崩れて深紅の泉に飲みこまれるのを、ルイスはじっと見つめた。もしジョナサンおじの頭がおかしかったらどうしよう？　おとうさんとおかあさんはいつも、不審な行動の人には注意するよう、ルイスに言いきかせていた。そういう人は、子どもを車に誘いこんで接着剤いりのあめを勧めたりするのだ。それとも接着剤じゃなかったかな？　ルイスは思いだせなかった。でも、どう見てもジョナサンはそういうタイプには見えなかった。部屋に忍びこんできて、ナイフでぶすりとやるようにも見えない。ルイスはため息をついた。このまま様子を見るしかないのだ。

ルイスはベッドにもどり、その晩、夢を見た。夢のなかで、ルイスとジョナサンは教会のある通りのまわりをぐるぐる走っていた。教会の尖塔は怪物の顔をしている。家はみんな明かりがついているのに、隠れようと思ってもなかに入れない。うしろから大きく、暗く、形のないものが追いかけてくる。とうとうルイスたちは教会の前で立ちどまった。塔がまるでゴムでできているようにぐにゃりと曲がりはじめた。口を大きくあけた文字盤がみるみる近づいてくる……するとぱっと夢がきり変わった。ルイスはキラキラ光るコインにうめつくされた部屋にいた。チャリンチャリンとコインを指のあいだからこぼしているうちに、朝になった。

第2章　奇妙な巡回

次の日、目を覚ますと、昨日の夜の記憶がごっちゃになって頭のなかを駆けめぐってい た。ほとんどは楽しいものだったけれど、すみっこのほうになにか黒いものがひそんでい た。

ルイスが着替えて下にいくと、ジョナサンとツィマーマン夫人が朝ごはんを食べていた。どうやらジョナサンの料理の腕は目もあてられず、ツィマーマン夫人は毎日、朝ごはんを作りにきているらしい。ルイスにはありがたいことだった。ルイスはパンケーキとソーセージの前にすわり、学校が始まるまで三週間もある自由な時間をどうやってすごそうか、あれこれ考えはじめた。

すぐにニュー・ゼベダイの町とハイ・ストリート一〇〇番地の家を探検するのは、三週間ではとても足りないことに、ルイスは気づいた。三週間でようやく始められるかどうかというのが本当のところだ。

第一に、ニュー・ゼベダイはすばらしい町だった。まさにルイスがむかしから住んでみたいと思っていたようなところだ。前に住んでいたウィスコンシンの町は、まるで昨日作られたような感じだった。どの家も同じ大きさで、大通りには酒場とガソリンスタンドが並んでいるだけ。ところが、ニュー・ゼベダイはちがった。ここには、凝った装飾の大きな古い家がたくさんあった。ごくふつうの白い板張りの家でさえ、ひとつひとつがちがうなにかを持っている。ステンドグラスの窓や、ドーム屋根の上にかざった鉄でできた花束。そして、どの家もどの家も、秘密を隠しもっているように見えた。

ジョナサンは何度か町へ散歩に連れていってくれたけれど、たいていはほっておいて、ルイスが自分で色々発見できるようにした。ルイスはたまにふらっと中心街へ出かけていって、昔の建物をそのまま使った店の凝った装飾の入口を眺めながら通りをいったりきたりした。なかには、二階に閉鎖になったオペラハウスのある店もあった。まだ古いセットが、マウンズのチョコバーの箱と五セントで売られていたメモ帳のケースにたてかけたまま残っていると、ジョナサンが教えてくれた。大通りの突きあたりには、南北戦争の記念碑があった。画家のイーゼルみたいな形をした巨大な石のオブジェで、イーゼルの継ぎ目や角には、それぞれ兵士や水兵が立って、マスケット銃やら剣やら大砲のすすはらいやら捕鯨用のもりやらをふりかざして反乱軍を威嚇している。イーゼルのたいらなところには、カファーナウム郡出身の戦死者の名前がずらっと並んでいた。そのそばに小さな石のアーチがあって、〝第二南北戦争記念碑〟と呼ばれていた。大きいほうの記念碑に刻みきれなかったぶんの名前がそこに刻んであった。ジョナサンのおじいさんは第五次ミシガン義勇兵槍騎兵隊とともに戦ったので、ジョナサンはおじいさんの手柄話を山のように知っていた。

ハイ・ストリート一〇〇番地の家はどうかと言うと、町に負けず劣らず、なにもかもがすばらしかった。ただし、どこかへんだし、ちょっぴりこわかった。家には部屋がたくさんあって探検するのにもってこいだった。三番目に気にいっているのは二階の客間、二番目は奥の寝室。リネン類がしまってある戸棚や遊戯室やごくふつうの部屋もたくさんあった。からっぽでほこりだらけの部屋もあれば、古い家具がごちゃごちゃつめこまれた部屋もある。大理石のテーブルはそれこそ山のようにあったし、ギーギーきしむキャスターがついた革張りの椅子や、背もたれにとめてあるドイリー（レースなどの小敷布）、ガラスの覆いに入れられたヤマウズラの剥製なんてものまであった。どの部屋にも大理石の暖炉があって、部屋によって、ブルーチーズみたいな石だったり、ファッジ入りのアイスクリームみたいだったり、緑のせっけんや、ミルク・チョコレートみたいな石もあった。

ある日の午後、ルイスは館の南棟の裏階段を下りていて、踊り場にステンドグラスのはまった窓があるのを見つけた。この家には、ステンドグラスの窓がたくさんあった。ここのような裏階段にもあったし、だれも使っていないおふろ場や、廊下の突きあたりにもあった。天井にはめられているのを見つけたこともあった。この踊り場の窓は前にも見たことがあった。もっと正確に言えば、今このステンドグラスがはまっているところにあった別の窓を見たことがあった。ルイスが立ちどまって、しげしげと窓を眺めたのは、そのためだった。

ルイスは前にあった窓をよく覚えていた。大きな長円型の窓で、赤いトマトみたいな夕日が古い薬びんみたいにまっさおな海に沈んでいる絵柄だった。長円型の窓枠は同じだけれど、なかの絵は男が森から逃げようとしているところになっていた。森はプラムのような濃い紫で、男の足元に生えている草はあざやかな緑色だ。絵のなかの空はぎらぎらした茶色っぽい赤で、家具のつやだし剤を思わせた。

前の窓はどうしたんだろう？　ジョナサンは夜中に歩きまわって、窓を変えてるんだろうか？　あまりにも妙だった。

もうひとつ不思議なのは、玄関のコートかけだった。最初、ルイスはただのありふれたコートかけだと思っていた。高さは一八〇センチほどで、正面に小さなまるい鏡がついている。コート用と帽子用のかけくぎがあって、前に長靴をおくための小さな木のしきりがついていた。どこから見ても、ごくふつうのコートかけだった。ところがある日、ルイスはレインコートをかけようとして、鏡をちらとのぞいた。すると、緑にけむったジャングルのなかにマヤ族の階段ピラミッドが見えた。マヤ族のピラミッドだとわかったのは、ビューマスター（覗くとフィルムを立体で見ることができるおもちゃ）のスライドのなかに写真があったからだ。ただし、こちらのはスライドみたいなインチキの三次元ではなかった。鏡のなかに手を入れれば、植物のつるにさわれそうだ。ルイスが見ていると、長い尾をしたまっかな鳥が木から木へさあっと飛びうつった。熱波のために、ピラミッドがゆらゆらゆらめいている。ルイスは目をパチパチさせて、もう一度見た。すると、ルイスのうしろの、雨で灰色にけむった窓が映っているだけになっていた。

ステンドグラスとコートかけのことは、ルイスの頭から離れなかった。魔法だろうか？ルイスは魔法を信じていた。でも、ずっと信じないように教えられてきた。おとうさんは一度、午後をまるまる使って、幽霊というのは、はるかかなたにある惑星にはねかえったエックス線が原因なのだ、と説明したことがあった。でも、ルイスは頑固な子どもだった。それに、ジョナサンおじのトランプのうしろには、アラジンの魔法のランプの絵があって、しかも〝カファーナウム郡魔法使い協会〟って書いてあったじゃないか？　この謎の根っこには、魔法が関係してるにちがいない、とルイスは固く信じていた。

もうひとつ、ルイスがまちがいないと思っていることがあった。コートかけやステンドグラスの問題に取りくむ前に、まず解かなければならない謎がある。どうしてジョナサンおじが夜な夜な懐中電灯を片手に家のなかをうろついているのか、理由をつきとめなければならない。

ルイスは、ニュー・ゼベダイにきた最初の夜に見た奇妙な出来事が、毎日のようにくりかえされていることを知った。毎夜十二時を過ぎると、ジョナサンは部屋から出てきて家のなかを探しはじめる。なにを探しているのかは、見当もつかなかった。

毎晩のように、ドアの外から、床板がミシッミシッときしむ音が聞こえる。ジョナサンが足音をしのばせてこっそり廊下を歩いてくる音、それから部屋に入ってパタンとドアを閉める音が、毎晩聞こえるのだ。同じ音は、上の三階からも聞こえた。ジョナサンは、昼間はめったに三階へはいかなかった。しばらくするとジョナサンはまた下りてきて、家具にぶつかったりしながらそこいらじゅう探しまわる。きっと、泥棒がいないか確かめてるんだ。そうにきまってる。でも、だったらどうして壁をたたいたりするんだ？　泥棒が壁のなかにいるなんてことはまずないだろう。

どうしてもなにが起こっているのかつきとめなければならない、とルイスは思った。そこである夜、十二時をまわったころ、ルイスはそっとベッドから冷たい床板の上にすべりおりた。そして、できるだけ音をたてないように、つまさきでそろそろと歩きだしたが、たわんだ床板はルイスの足の下でうめき声をあげた。やっとドアまでたどりついたころには、全身がぶるぶるふるえていた。ルイスは手を部屋着でごしごしとふいてから、ドアノブをまわした。それから大きく息を吸いこむと、ハァーッと吐きだして、暗い廊下へ足を踏みだした。

ルイスは両手で口を押さえつけた。釘の頭が突きでていたのを踏みつけてしまったのだ。そんなに痛くはなかったけれど、破傷風になったらどうしようと思うとこわくなった。ようやく心を落ちつけると、ルイスはもう一歩踏みだした。そしてじりじりと奥へ進んでいった。

ところが、想像どおり、ルイスは足音をたてずに歩くのが得意ではなかった。三回目にどっしりした金の額縁に頭をぶつけたとき、むこうのほうの部屋からジョナサンが大声で呼ぶ声がした。

「おいおいルイス！　たのむから、シャーロック・ホームズのまねごとはやめてくれ！　きみにはワトソン博士のほうが向いてるよ。さあ、こっちへおいで。緑の暖炉のある寝室にいるから」

ルイスは、暗やみで顔がまっかになっているのが見られなくてほっとした。それに、すくなくともジョナサンおじは怒ってはいないようだ。

足元に注意しながらゆっくり廊下を歩いていくと、開けっぱなしになっているドアがあった。まっくらな部屋のなかに、ジョナサンが懐中電灯を持って立っていた。炉棚の上にある時計を照らしている。黒い箱型の文字盤の両脇に金色の取ってがついていて、棺おけみたいだった。

「こんばんは、ルイス。それともこの場合、おはようかな。いっしょに見まわりにくるかい？」

ジョナサンの声はどことなくそわそわして、うわずっていた。ルイスは一瞬ためらったけれど、思いきってきいた。「ジョナサンおじさん、いったいなにしてるの？」

「時計をとめてるのさ。昼のあいだは家じゅうで時計がカチカチ鳴っとるのもいいもんだが、夜だと眠れないんでな。わかるだろう？　蛇口から水がぽたぽたたれていたり……そういうことさ」

まだ神経が高ぶった様子でしゃべりながら、ジョナサンは時計をひっくりかえすと、裏から手を入れて、短くて太い振り子をとめた。それからルイスについてくるよう合図して、大げさなくらい楽しげに懐中電灯をふりながら次の部屋へ向かった。ルイスはついていっけないの？」

　ジョナサンは一瞬、黙りこくった。それから、またさっきと同じそわそわした声で言った。「ああ、それはだな。わかるだろう、ルイス。つまりだな、もし次の部屋へいくたびに電気をつけたり消したりしたら、近所のひとがどう思うね？　それに電気代は？　電気をパチパチやるごとに、一時間ぶんの電気代がかかるのを知ってるかい？」

　そんな説明は、とても信じられなかった。第一、今までジョナサンは、近所のひとがどう思うかなんて気にしているそぶりすら見せたことがない。もし夜中の三時にクリの木の下にあるブランコにすわってサクソフォーンを吹きたい気分になれば、まよわずそうするだろう。第二に、ジョナサンが書斎のフロアランプを一晩中つけっぱなしにしたのは一度や二度ではなかった。ジョナサンはずぼらで、電気代を気にするようなタイプではまるでない。たしかにおじを知ってからまだ三週間だったけれど、ルイスはジョナサンがどういう人物かはだいたいわかった気がしていた。

　とはいえ、「ジョナサンおじさんのおおうそつき！」とはさすがに言えなかった。だからルイスは黙ったまま、おじのあとについて次の部屋に入った。二番目にいい、二階のおふろ場だった。ここにも白いタイルの暖炉があって、炉棚の上で小さな白いプラスティックの時計がブンブンうなっていた。ジョナサンはなにも言わずにコードをひっこぬいた。それから次の部屋にいくと、今度はチェリー材の時計をとめた。水銀柱を三つ重ねておもしにした振り子がついていた。

最後にとめたのは、書斎の大時計だった。ジョナサンの書斎の天井はとても高くて、壁はぜんぶ本でうめつくされていた。ずんぐりとしたぶかっこうな茶革の安楽椅子は、すわるとプシュッと音がした。もちろんこの部屋にも暖炉があって、今もパチパチと火が燃えていた。すみに食堂に続く引き戸があって、その横に背の高い陰気くさい時計がある。振り子の先についている真ちゅうの円盤が、消えかかった火の明かりを映してにぶく光っている。ジョナサンは時計のなかに手を入れると、長い黒い棒をぐいとつかんだ。時計はぴたりととまった。

これで、奇妙な巡回は終わった。ジョナサンはふっと黙りこんだ。なにか考えているようだ。それから暖炉のほうへ歩いていって、火をかき起こし、薪をもう一本くべた。そしてどすんと革の椅子に身を沈め、反対側にある緑の安楽椅子を手でさし示した。

「おすわり、ルイス。話があるんだ」

自分のおじのことをこそこそかぎまわったりするんじゃない、とどなられるのだろうか？　そうではなさそうだった。ジョナサンはうちとけた様子でにこにこ笑っている。でも、声にはまだちょっととげとげしさが残っていた。ルイスはすわって、ジョナサンが水ギセルに火をつけるのをじっと見ていた。ルイスはこれを見るのが好きだった。水ギセルはスペインのガレオン船の形をしていて、メインマストの上にあるカラスの巣が火皿になっていた。船体には煙を冷やすための水がたくさん入れてあって、へさきのほうに、陶器でできた小さな水夫長がパイプをくわえて立っている。船のともには長い管がさしこんであり、先に黒いゴムの吸い口がついていた。管をふうっと吹くと、カラスの巣につめたタバコの葉が燃えて、長い煙が立ちのぼる。すると、水夫長が小さなパイプから、ぷうっと煙を吐くのだった。たまにジョナサンがまちがえて船に水を入れすぎると、水夫長はぶくぶくっと泡をふいた。

ジョナサンはうまくパイプに火がつくと、口いっぱいに煙を吸いこんで、ゆっくりと吐き出した。そして言った。「ルイス、思うに、自分のおじをつむじまがりの変人だと思うよりは、こわがるほうがまだましかもしれん」

「つむじまがりだなんて思わないよ」ルイスは言った。

ジョナサンは、はっはっはっと笑った。「でも、おかしいとは思ってるだろう。まあ、今夜からは、だからといって責められないがな」

ルイスは赤くなった。「ちがうよ、ジョナサンおじさん！　そんなふうに思ったことないよ！　ぼくが思ってないことくらいわかってるでしょ……」

ジョナサンは微笑んだ。「ああ、もちろんわかってるさ。だが、それでもやっぱり、この時計のことについては知っておいたほうがいいだろう。ぜんぶを話すことはできない。なぜなら、わたしもぜんぶわかっとらんからだ。ほんとうのことを言って、全然わかっていないんじゃないかと思うこともある。だが、わかっていることだけは話そう」

ジョナサンは足を組んで、背もたれに寄りかかると、ぷかぷかとパイプをふかした。ルイスは緑の大きな椅子から身をのりだした。そして手を開いたり閉じたりしながら、ジョナサンをまじまじと見つめた。ジョナサンは意味ありげに間をとり、ガレオン船のパイプを長すぎるくらい時間をかけて吸ってから、ようやく話しはじめた。

「わたしはずっとむかしからここに住んでたわけじゃないんだよ、ルイス。じっさいに越してきたのは、たった五年前なんだ。それまでは、浄水所近くのスプルース通りに住んでいた。だが、この家の前の持ち主が死んで、この場所が安く売りに出されたとき、わたしはいい機会だと思ったんだ。親友のツィマーマン夫人のとなりに住めるんだからね……」

「前の持ち主はだれだったの？」ルイスはさえぎってきいた。

「今から話すところだ。名前は、アイザック・アイザード。頭文字はⅠ・Ⅰで、並べるとローマ数字のⅡになる。この家のいたるところに、やつの頭文字、ふたつ並んだⅠを見つけることができる。彫られたものもあれば、ペンキで描かれたものも、刻印されたものもある。羽目板、床板、食器だなのなか、ヒューズ箱、マントルピース……ともかくそこいらじゅうにあるんだ。二階の正面廊下の壁紙にまで、Ⅱがきれいな網目模様になってついとる」ジョナサンは口をつぐんで、ふっと考えこんだ。「いつかあの壁紙も張りかえなきゃならんな……ああ、そうだ、話にもどろう。アイザック・アイザード。へんな名前だと思わんか？　ツィマーマン夫人は、イザードからきたんじゃないかと言っている。イギリスのいくつかの地方では、Zのことをこう発音するんだ。イギリス人はZを〝ジー〟と読まずに〝ゼッド〟と読む。わしもツィマーマン夫人の意見に賛成だ。それ以外にいい説明は考えつかんからな。それに、彼女自身の頭文字がZなんだから、わかるはずなんだ。だが、なにを言っとるかというと、つまりなにを言おうとしてるかというとだな、ルイス……」ジョナサンはさらにパイプをふかして、すわりごこちを確かめるようにもぞもぞ体を動かした。

「つまりだな、アイザックは魔術師なんだ」

「それって？」

ジョナサンおじは真剣な顔で言った。「男の魔法使いのことだ」

ルイスは身震いした。するといきなり、ふっと妙な考えが浮かんだ。「おじさんもそうなの？」ルイスは消えいるような声でおそるおそるきいた。

ジョナサンは奇妙な笑いを浮かべてルイスを見た。「もしそうだと言ったら、こわいかね？」

「ううん。おじさんのこと大好きだから、もしおじさんが魔術師だっていうなら、それで平気だよ。おじさんが悪い魔法使いのはずないってわかってるし」

「〝悪い〟という意味によるな」ジョナサンはくすくす笑いながら言った。「もし、邪悪な魔法使いでないという意味で言ったんだったら、そのとおりだ。でも、魔術が下手でないという意味で言ったんだったら……さあ、どうだろうな。わたしは手品師に毛の生えたようなもんさ。ウサギを出したり、トランプ手品よりはましな芸当ができるがな」

「ステンドグラスやコートかけみたいな？」ルイスはにこっと笑って言った。

「そのとおりだ、まさにな。ついでに余計な心配をしなくてすむよう言っとくが、ツィマーマン夫人も魔法使いだ。ただし、彼女の場合は魔女だがな」

「なにかもっといい呼びかたはないの？」ルイスはぞっとしてきいた。

「そうだな、ツィマーマン夫人はまじない師とか女魔法使いとか呼ばれるほうが好きみたいだが、とてもじゃないがまじめな顔をしてそうは呼べんよ。わたしにとっちゃ、シンプルに魔女のフローレンスってところさ。彼女はわたしなんかよりもはるかに本格的な魔法使いだ。なにしろ、一九二二年にドイツのゲッティンゲン大学で魔術学の博士号を取ったんだからな。つまり魔術博士ってことだ。こっちはミシガン農業大学で学士号を取ったにすぎん」

「専攻は？」まるで就職の面接みたいだったけど、ルイスは、ほんとうにジョナサンが大学でどんな勉強をしたのか知りたかった。ルイスの両親は二人とも大学を出ていて、しょっちゅう大学でしていた研究について話していた。

「専攻？」ジョナサンは顔を赤くして言った。「専攻だって？　いや、農業科学じゃよ。家畜学とかそういうやつさ。農夫になるつもりだったんだ。じいさんが死んで、山のようなお金をのこしてくれるまではな。だが、問題はアイザック・アイザードだ。まだ興味はあるだろう？」

「うん、もちろんだよ！　つづきは？　教えて」

「さっきも言ったが、アイザックは魔法使いだった。やつは黒魔術に手を出したんだ。魔法使いとして最低のことだ。やつがやっていた悪事をぜんぶ話すことはできんが、やっていたのはまちがいない。もし魔法使いが魔法使いをさばくのが許されるとすれば、やつは邪悪な魔法使いだと言うほかない。それも、きわめて邪悪な。ツィマーマン夫人も同じ考えだ。彼女は何年もやつのとなりに住んでいたんだからな。自分でツィマーマン夫人にきいてみるといい。われわれは何度も見たんだ。ツィマーマン夫人の庭から、館のてっぺんにあるドーム屋根の窓からのぞいているアイザックの邪悪な顔をな。やつは石油ランプを持って、じっと夜の空を見あげていた。ツィマーマン夫人は、昼間もやつはそこに何時間もすわっていたと言っとる。なにか記録していたようだと言うんだ」

「へえ。気味悪いね。なにを書いてたんだろう？」

「神のみぞ知る、さ。だが、いいことじゃないことだけはたしかだ。ともかく、話を続けよう……もうかなり遅いにちがいないが、なにしろ時計がないから何時だか見当もつかん。ええと、どこまで話したんだっけ？　ああ、そうだ。アイザックは大嵐の日に死んだ。カファーナウム郡史上最悪の嵐じゃった。興味があったら、ニュー・ゼベダイ年史を見てごらん。納屋の屋根は吹きとばされたし、木も根こそぎ引っこぬかれて、墓の鉄の扉が雷で溶けたんだ。今、その墓にアイザックは葬られてる。いつか見せてやらなきゃならんな。いまわしいぞっとするような墓さ。えらい人たちが葬られるような小さな石のお堂だ。この町の墓地には、そういった霊廟がけっこうあってな、そのうちいくつかはほんとうになかなかのもんじゃよ。問題の墓は、一八五〇年代にアイザックの一族が建てたんだが、ずっと使われていなかった。やつが細君を葬るまでな。やつの細君はやつが死ぬまえに亡くなったんだ」

「どんなひとだったの？」

「アイザック・アイザードを選んだってだけで、かなりの変わり者だろうな。あまりよく覚えてないんだが、彼女のメガネだけはよく覚えとる」

ルイスは目を見開いた。「メガネ？」

「そうだ。一度、道でアイザードの細君とすれちがったんだ。彼女はふりかえってこっちを見た。たぶん日光の反射かげんだったんだろう。凍りつくような灰色の光の輪がふたつ、わたしの目をまっすぐ射た。すぐさま顔をそむけて目を閉じたが、冷たいふたつの点はしばらく消えなかった。それから一週間、毎晩悪夢にうなされたんだ」

「どんなふうに死んだの？」ルイスは思わず、アイザード夫人が大嵐のなか崖から身をおどらせるところや、館のドーム屋根から飛び降りるところを想像した。

「どんなふうだと？　静かで謎めいた死だったよ。葬式もなかった。よそからきた奇妙な風貌の男たちがアイザックを手伝って、細君を葬った。それから、アイザックは隠遁生活に入った。さらなる隠遁生活ってことだな。やっと細君はもともと隠者のように暮らしていたから。だが、細君が死んだあとは、アイザックは文字どおり完全に閉じこもっちまった。ツイマーマン夫人の家とのあいだに、高い板べいまで建てたんだ。わたしが引っ越してすぐに、壊したがな」ジョナサンは満足げに微笑んだ。ジョナサンおじさんは、アイザック・アイザードが自分の城にしていたという事実があるにしても、ハイ・ストリート一〇〇番地に住んでいて幸せなんだな、とルイスは思った。

「話はそれでおしまい？」ルイスは遠慮がちにきいた。

「いやいや、ちがうよ。これから佳境に入るんだ。しまった、わたしはここで、のうのうとこの船をふかしてるっていうのに、おまえさんにはなにもないじゃないか！　台所へいって、ミルクとチョコレートチップ・クッキーを取ってくるとしよう。どうだい？」

「賛成！」ルイスは、好物のウェルチのファッジ・バーよりもさらにチョコレートチップ・クッキーを気にいっていた。

数分後、二人は書斎にもどって、パチパチと静かに燃えている暖炉のそばでクッキーをほおばっていた。するととつぜん、本が一冊、本棚からパタン！　と落ちた。次は二冊

――パタン、パタン！　ルイスは並んだ本のあいだにぽっかりあいた黒い隙間を見つめた。すると、そこからしわだらけの長い骨ばった手がにゅっと出てきた。そして、なにかを探しているようにあたりを探りはじめたのだ。

ルイスは恐怖のあまり凍りついた。ところがジョナサンはにやにやしていた。「もうちょっと左だよ。そうだ。ほうら、それだ」

掛け金の外れるカチリという音がして、作りつけの本棚の一部がごっそりこちら側に開いた。また本がドサドサッと落ちた。そしてツィマーマン夫人が姿を現した。メガネの左側にクモの巣をぶらさげ、袖はほこりで白っぽくなっている。

「ずいぶんとお上手に隠し扉を作ったものよね！」ツィマーマン夫人はブツブツと文句を言った。「掛け金が通路側じゃなくて、部屋のほうにあるとはね」

「謎は深まるばかりさ、べっぴんさん。おまえさんもうすうす感づいていたかもしれんがな、ルイス、この家には隠し通路があるんだよ。台所にある食器だなから入るんだ。おいで、フローレンス。ちょうどルイスに壁のなかの時計の話をしようとしてたところなんだ」

ツィマーマン夫人は、「そんなことをしてだいじょうぶ？」とでも言いたげな顔でジョナサンを見た。が、肩をすくめて、クッキーを取り、ミルクをついだ。

「おいしいクッキーね」ツィマーマン夫人は口をもぐもぐさせながら言った。「とてもおいしいじゃない」

「フローレンスはいつもそう言うんだ。自分が作ったもんだから」ジョナサンは説明しながら、自分もふたつ取った。「さあ、全員の口がいっぱいになったところで、話を続けることにしよう。どこまで話したんだっけ？　あ、そうそう。わたしはここに引っ越してきてすぐに、なにかがおかしいと感じた。なんと言うか、みんなが耳をすませているような静けさに包まれているんだ。そして、聞いたんだ」

「なにを？」きいたのはルイスだった。ルイスはクッキーを食べるのも忘れて椅子のはしまで身をのりだしていた。

「時計だ。時計だ。時計がカチカチ鳴っている部屋にいるのがどんなかわかるだろう。しばらくはその音には気づかないもんさ。だが、あたりが静まりかえって、とくに考えごともしてないと……そこだ！」

ルイスは飛びあがって、ぱっとうしろをふりむいた。「どこ？」

ジョナサンは笑った。「ちがう、ちがう。そんなに驚かすつもりはなかったんだ。はじめて、この部屋で聞いたんだよ。壁のなかでカチカチカチカチ鳴っていたんだ。あっちの壁にいって耳をすませてごらん」

ルイスは立ちあがって、本が並んだ壁のほうへいった。そして、ずらりと並んだ黒い革表紙の全集にほおを押しつけるようにして、じっと耳をすませた。ルイスの目が大きく見開かれた。

「ほんとうに聞こえるよ、ジョナサンおじさん！　ほんとうだ！」ルイスは発見に興奮したけれど、すぐにおびえた表情に変わった。「なんでなの、ジョナサンおじさん？　これはなんなの？」

「かいもく見当もつかん」ジョナサンは言った。「わかっとるのは、あの音を消しちまいたいってことだけだ。だから、あんなに時計をおいてるんだよ。ひっきりなしにカチカチいってるのや、毎時間ごとにいきなりものすごい音で鳴りだすのを気にいってるわけじゃないさ。だが、それでもやつの時計よりはましだ」

いつのまにかジョナサンの顔つきが険しくなっていた。ジョナサンは頭をふって心ここにあらずといったふうに微笑むと、話を続けた。「壁をひっぺがして、時計をとっちまえばいいのに、と思うかもしれんな。でも、そんなことをしてもむだだ。音は、家じゅうの壁から聞こえる。上は屋根裏から下は地下室まで、押入れや、物置や、客間もだ。ときどき音がゆっくりになってきたように思えることがある。わたしはどうかこのままとまりますように、と祈りつづける。だが、しばらくするとまた勢いを取りもどして、カチカチカチカチとやりはじめるんだ。もうどうしたらいいのかわからん」ジョナサンの声にはせっぱつまったものがあった。一瞬、ルイスはおじさんが泣きだすんじゃないかと思った。すると、ツィマーマン夫人が口をはさんだ。

「ひとつだけ、あなたがやってはいけないことを言っときますよ、ジョナサン・バーナヴェルト。自分もわかっていないことで、ルイスをこわがらせてはだめ。結局のところ、時計の音はあの偏屈じいさんがやった魔法の実験の名残かなにかかもしれないじゃありませんか。じゃなきゃ、死番虫（カチカチたてる音が死の前兆と言われている）とか。なにかの幻覚ってこともありますよ。ささやきの回廊（小さな声も遠くまで聞こえるように作られている）

みたいなね。わたしもときどき頭のなかでおかしな音が聞こえるときがありますよ。しばらくドウゥウゥウって音がして、だんだん消えていくんです」

ジョナサンはいらいらした顔をした。「おいおい、フローレンス。冗談はやめてくれ。きみだって、これがなんの危険もないものだとは思ってないだろう。わたしだってそうだ。もしルイスをこわがらせるだけなら、話さなかったさ。だが、自分のおじの頭がへんだと思うよりは、時計のことを知ったほうがルイスにもいいと思ったんだ。いいかい、ルイスに夜の巡回をしてるのを見つかっちまったんだ」

「なるほど」ツィマーマン夫人は言った。「あなたの頭がへんかどうかはわかりませんがね。ジョナサンおじさんはもうねんねの用意をしたほうがいいんじゃありませんか。明日、わたしたちをピクニックに連れていってくれるつもりならね」ツィマーマン夫人はドレスのひだに手を入れると、長い鎖のついた銀時計をひっぱりだした。そしてパチンとふたを開けると、午前三時ですよ、と言った。

ジョナサンはびっくりして顔をあげた。「三時？　なんてこったい！　そんな時間だなんて……」

「お願い、ジョナサンおじさん」ルイスは割って入った。「もうひとつだけきいてもいい？」

「もちろんだ、ルイス。なにかな？」

ルイスは恥ずかしそうにもじもじした。「あの……おじさんの時計が壁のなかの時計の音を消すためなんだったら、どうして夜中にとめるの？」

ジョナサンはため息をついた。「毎晩とめてるわけじゃないんだ。ただ部屋をひとつひとつ確かめているだけのときもある。そうすると少しは安心できる気がするんだ。うまく説明はできんがな。だが、そうじゃない夜は――今夜のようなときだが、どうしてもあのいまいましいカチカチと鳴りつづける音をとめたい衝動にかられる。もし家を静かに――完全に静かにすることができれば、ほんとうの魔法の時計の音が、どこかの壁か狭い押入れのなかで鳴っているのが聞こえるんじゃないかって気がしちまうんだよ。だが、うまくいったことはないな。そのたびに、どうかなりそうになる」

ルイスはまだ納得いかない顔をしていた。「もしそれが魔法の時計なら」ルイスはゆっくり言った。「目に見えないんじゃないの？　つまり、じっさいに手でさわったりできないものじゃないの？」

ジョナサンは首をふった。「そうとは言えんのだよ、ルイス。ほとんどの魔法は、じっさいのありふれたものがあって、はじめて完成するんだ。そのものに呪文をかけることでな。わたしの知ってるある魔女は、自分の敵を消すために家の雨どいから水が落ちてくるところに、そいつの写真をおいた。写真の顔が消えたときそいつも死ぬ、という理屈だ。こういうのは一般的な方法なんだよ。だからちがうんだ、ルイス。やつの時計は、あそこにある大時計と同じくらい本物なんだ。ただ、魔法がかけられているところだけがちがう。どんな魔法をかけられているのかは、まったくわからんがな」

「そうだとして、わたしにはわかってることがありますよ、ひげじいさん」ツィマーマン夫人は、銀時計を振り子のようにジョナサンの目の前でぶらぶらゆらした。「ほんのひと眠りでもしておかなかったら、みんな、朝から不機嫌になることまちがいなしですよ。ルイス、寝なさい。ジョナサン、あなたもですよ。わたしはクッキーのお皿をささっと洗って、ミルクをしまっときますから」

ルイスは二階の自分の部屋にあがった。そして部屋のまんなかに突っ立って、暖炉のそばの花模様の壁紙をじっと見つめた。それからつかつかと壁に近づいて、耳を押しつけた。聞こえる。ここでもカチカチ音がする。ルイスは部屋の反対側へいって、また壁に耳を押しあてた。こっちもやはり同じだった。

ルイスは部屋のまんなかへもどった。それからいきなり部屋をいったりきたりしはじめた。手をうしろに組んで大またですたすた歩きまわる様子は、むかしよく見かけたうろたえたときのおとうさんのしぐさとそっくりだった。ルイスは歩きながら論理的に考えようとした。けれども、壁のなかの時計には、論理なんて通用しない。とうとうルイスはあきらめた。そしてベッドに飛びこむと、眠りに落ちた。

第3章　たった一人の友だち

労働祝日（九月の第一月曜日）の次の月曜日、ルイスはニュー・ゼベダイの学校に通いだした。ほどなく、壁のなかにある謎の時計のことは頭からすっかり消えてしまった。自分の問題だけで手いっぱいだったのだ。
問題というのは、別に新しいものではなかった。それは、野球の苦手な太った男の子にはどこへいってもついてまわる問題だった。ルイスはむかしからいつも太りすぎだった。そうじゃなかったときなんて、思いだせなかった。今までの人生――つまり十年間――ルイスはいつも、ほかの子どもたちがこう歌うのを聞いてきた。

デブちゃん、デブちゃん、横は縦の二倍
台所のドアも抜けられない

自分のことをからかう子どもをたたきのめしてやりたいと思うときもあったけれど、ルイスには殴りあいなんてできなかったし、強くもなかった。これもまた問題だった。でも、いちばんの問題はやっぱり、野球だった。ルイスはいまだにバットをふるとぐるんとひとまわりしてしまったし、おまけにバットを吹っとばした。最初は、「気をつけろ！　バットをぶん投げてやるからな」などと言ってごまかそうとしたけれど、反対に「いいか、バットを投げてみろ、たたきのめしてやる。バットをしっかり持てないんだったら、ゲームに入れてやらないぞ」とどなられた。

そんなふうに言われるのも、仲間に入れてもらったときの話で、それはそうしょっちゅうあるわけではなかった。チームのメンバーを選ぶので並ぶと、ルイスはほとんどいつも最後まで残っていたし、ルイスを選ぶはめになったチームのキャプテンは決まってこう言った。「どうしてこいつをとらなきゃいけないんだ？　守れない、打てない、投げられない。走ることすらできないんだ。いいよ、おれたちはひとり少ないままでやる」

みんなが言うことはほんとうだった。新入生の子や優しい子がキャプテンになって、ルイスを選んでくれるときもあった。でも、ルイスは打席に入れば、たいていは三振だったし、万が一バットがボールにあたっても、高くあがってピッチャーにとられるか、ゴロでアウトだった。ルイスのチームが守備のときは、ルイスはライトを守らされた。そっちにはあまりボールが飛んでいかないからだ。でも、もし飛んでいけば、ルイスはかならず落としたし、落とさなければ、頭にぶつけた。はるか頭上にポツンと見えるボールを追いかけて前へうしろへとうろうろするのだけど、ボールが落ちてくると、決まってめまいがして、「だめー！　だめー！」とさけびながらグローブで顔を隠してしまうのだ。しばらくすると、親切な子たちでさえ、ルイスを入れてくれなくなった。

ある日の午後、毎度おなじみの光景がくりかえされ、試合に入れてもらえなかったルイスは、しくしく泣きながら運動場から逃げかえってきた。ふと気づくと、その日たまたま使われていなかったグラウンドのホームプレートに立っていた。足元にバットが一本転がっている。太い年季の入ったバットで、柄のところに入ったひびに黒テープが巻いてあった。そのそばに、ソフトボールが——というかその残骸があった。卵型の黒いベタベタした塊に糸がぐるぐる巻きつけてある。ルイスはそのボールとバットを拾った。そして、ボールをボーンとほうると、バットをふった。空ぶり。ルイスはボールを拾いあげると、もう一度やってみた。また空ぶり。三度目にやろうとしたとき、だれかが言った。

「それじゃあぜんぜんだめだよ」

ルイスがふりむくと、同じ年くらいのやせた男の子が自転車の荷台の横にしゃがんでいた。頭のてっぺんにレンガ色の毛がふわふわと立っていて、右手は三角巾で吊ってある。

タービーだった。

学校じゅうの子どもたちがタービーのことを知っていた。ルイスさえ、ニュー・ゼベダイにきてからまだ一、二カ月しかたっていないのに、やっぱりタービーを知っていた。きっとニュー・ゼベダイじゅうのひとが、それどころかカファーナウム郡のほとんどのひとがタービーを知っているにちがいない。すくなくとも、それがルイスの受けた印象だった。タービーは学校一の人気者だ。命知らずで、焚き火のまんなかを自転車で走りぬけたり、枝からひざでぶらさがったりする。女の子はみんなタービーが好きだったし、ソフトボールの試合ではいちばんのホームランバッターだ。試合のときはいつも一番に選ばれるので、たいてい男の子たちはタービーをキャプテンにして、どっちのチームがタービーをとるかでけんかにならないようにした。そのタービーが今、腕を吊って、ルイスがボールを打とうとしているのを見ていた。

「それじゃあ、ぜんぜんだめだってば。足をしっかり地面につけなきゃ。それから、腰でふるんだ。いいかい、見ててごらん」

タービーはさっと立ちあがると、ルイスが立っているところまでやってきた。そしてバットをつかむと、片手で持ちあげて、ちょっと短めに構えた。

「よし」タービーは言った。「あっちへいって投げてみな。軽くほうるだけでいいから」

ルイスは、片手だけでバットを持って打とうとする人なんて見たことがなかった。打ちそこねて、怒って帰っちゃったらどうしよう。ルイスはぎこちない笑いを浮かべると、ボールをポンとベースに向かって投げた。タービーはバットをふった。バットはボールをとらえた。カキーン！　割れたバットのにぶいうつろな音が響き、ボールはまっすぐセンターのほうへ飛んでいった。クリーンヒットだった。

「ほらな？　片手だけだぜ。二本だったらもっとうまくできるはずさ。やってみな。ぼくが投げるから」

ルイスはピッチャーマウンドから降りて、タービーからバットを受けとった。

「きみが腕を折ったなんて知らなかったよ」ルイスははにかみながら言った。「どうしたの？」

「木から落ちたんだ。ひざでぶらさがってたんだよ。うんていからぶらさがるみたいにさかさまにね。でもだいじょうぶさ。すぐによくなるから」

タービーはマウンドのほうへ歩いていった。ルイスはデトロイトのブリッグススタジアムでジョージ・ケルがやってたみたいにバットでホームベースをたたくと、ブンブンふりまわした。でもタービーがボールを投げると、いつものように空ぶりだった。

それから二週間、タービーとルイスは毎日放課後に待ちあわせて、バッティングの練習をした。じわじわとルイスのスイングは上達した。どうにかライナーまで打てるようになった。でも、もっとすごいことが起こっていた。ルイスとタービーは友だちになりつつあった。タービーはルイスのジョークが気にいったし、ルイスは自分が嫌いな子をやっぱりタービーも嫌っているのを知った。ルイスはタービーのフォンドライター先生の物まねが大好きだった。フォンドライター先生はいじわるで、おまけに、いつもだんなさんのことをジェロールドォなんておかしな呼びかたで呼んだ。タービーは緑の小枝で輪を作って、棒の先っぽについたメガネに見たて、その輪からルイスをのぞいてかんだかい声で言った。

「どーうしてこのわたしにそんなことが言えるの、ジェロールドォ！」

それからルイスとタービーはこしかけて、キャロル・ケイ・レイバーディーンをどんな目にあわせてやろうか相談するのだった。キャロルは六年生の鼻もちならない女の子で、おとうさんが教育委員会のメンバーだということでなんでもし放題だった。ルイスとタービーがハイ・ストリートのはずれの郵便ポストで、じゃあね、と別れるころには、たいていいつも暗くなっていた。

十月はじめのある午後、ルイスとタービーは競技場でフライやゴロの練習をしていた。ルイスはタービーにかなり大きなフライを打てるくらい、うまくなっていた。タービーは、腕はまだギプスだったけれど、まるで手がふたつあるみたいに楽々とライナーやフライをとっていた。

次にルイスが守りについた。でも、だんだん暗くなってボールが見えにくくなっていたし、ちょっとあきてもいた。ルイスは立ったまま、色々考えはじめた。そんなルイスを、タービーはいつも、〝いっちまってる〟と言っていた。

ルイスはなにかタービーにすてきなことをしてあげたかった。タービーがすっかり感心するようなすごいことをやって、もっともっと友情を深めたかった。ジョナサンおじさんにたのんで、タービーにちょっとした魔法を見せてあげたらどうだろう。そうだ、それがいい。でも、待てよ、ルイスは思った。おじさんは、自分のことを手品師にちょっと毛が生えたようなもんだって言っていたじゃないか。帽子からウサギを出したり、手のなかのカードをあてたりするようなな。でも、たしかあのとき、ジョナサンおじはそれよりはましなこともいくつか知ってるって言ってた……

ルイスはさらに考えた。そうさ、おじさんならきっとできる。窓のステンドグラスの絵柄を変えられる人なら、ルイスが考えていることくらいできるはずだ。すくなくとも、ジョナサンが前にそれをしたことがあると言ったのを聞いたような気がする。

「おい、ルイス！　六時間前に、そっちにボールを打ったぜ。寝てたのか？」

ルイスははっと顔をあげた。「え？　ああ、しまった。ごめん、タービー。あのさ、ぼくのおじさんが月食をおこすのを見たくないかい？」

タービーはぽかんとしてルイスを見つめた。「なんだって？」

「だからさ……ねえ、タービー、もう帰ろうよ。暗くてボールが見えないからさ。ね。そしたら、ジョナサンおじさんのことを話すよ。おじさんはね、本物の魔法使いなんだ」

二人は、街灯の下をキャッチボールしながら歩きはじめた。ルイスはジョナサンおじの魔法の力のことを説明しようとしたけれど、タービーが信じていないのがわかった。

「へえ、おじさんが月食をおこす？　そうだと思ってたさ。まちがいないね！　部屋でビールを飲みながら寝ずに待ってるんだろう？　それから裏庭に出て、月を見あげる。そしてグルグルまわりだすんだ。ぐーるぐる、ぐーるぐる……」タービーはふらふら道路のほうへ出ると、目をぐるぐるさせた。

ルイスはタービーをたたいてやりたかった。でも反対にタービーにやられることはわかっていたので、ただこう言った。「おじさんがやるのを見たい？」

「ああ」タービーはばかにした声で言った。「ぜひとも見たいね」

「よし」ルイスは言った。「今夜おじさんにたのんでみる。準備ができたら、知らせるよ」

「うへ！　あんまり待たされないことを祈るよ」タービーは皮肉たっぷりで言った。「ぶよぶよじいさんが、月を欠けさせるの見たいよぉ。ほんとに見たぁいよぉ。おつきさまぁぁ、おつきさまぁぁぁぁ——」

「やめろ。ぼくのおじさんをばかにするな」ルイスは顔をまっかにして、半泣きで言った。

「おまえのせいだ」タービーは言った。

「ちがう。わかってるだろ」ルイスは言った。

タービーは、ハイ・ストリートのいちばん下にあるカーキ色の郵便ポストにくるまで、〝おつきさまぁぁぁー〟をやめなかった。ルイスはタービーと別れるときもなにも言わず、手もふらなかった。でも、ハイ・ストリート一〇〇番地の門をくぐったころには、いくらか怒りもおさまっていた。そこで、まっすぐなかへ入って、ジョナサンおじを探した。

ジョナサンは食堂のテーブルに札を広げて一人トランプをしている最中だった。〝セントヘレナ島のナポレオン〟という複雑なゲームで、アイボリーのオイルクロスはトランプの札でほぼおおわれていた。ルイスが入っていくと、ジョナサンは顔をあげてにっこり微笑んだ。

「おかえり、ルイス！　最近野球の調子はどうだい？」

「うまくなってるんじゃないかな。ターピーのおかげだよ。それでね、ジョナサンおじさん。ターピーになにか恩返しができないかな？　ターピーはぼくの大事な友だちだから」

「もちろんさ、ルイス。食事に招待しよう。そういうことだろ？」

ルイスは赤くなって、もじもじした。「うん……まあ、そういうことなんだけど……だいたいは……その、つまり、ターピーのために月食をおこしてくれない？」

ジョナサンは目をまるくしてルイスを見た。「わたしはそんなことができると言ったかな？」

「うん。ほら、おじさんがツィマーマン夫人に地球の魔法が月の魔法より強いかどうかってことで自慢……いや、その、話した夜のこと覚えてる？　そのとき、おじさんは月の魔法使いはいつでも好きなときに月を欠けさせることができるって言ったんだ。それでわたしは月の魔法使いだって」

ジョナサンはにっこり笑って、頭をふった。「そんなこと言っちまったっけ？　やれやれ。なんと言ったらいいかな。いいかい、たしかに一九三二年の夜に月を欠けさせた覚えがある。フィルダー・クリーク公園にピクニックにいったときのことだった。日にちも覚えとる。四月三十日、ヴァルプルギスの前夜祭の日だ。その夜は、世界じゅうの魔女と魔王が集まってどんちゃんさわぎをするんだ。われわれのほうは、カファーナウム郡魔法使い協会のたんなる総会だったがな。それでも何人かは本物の魔法使いも混じっとった。とにかくなにを言おうとしとるかというと……」

「いいんだ」ルイスはふくれっつらをして、むこうを向いた。「おじさんにはできないってタービーに言うから」

「おいおい、ルイス！」ジョナサンはさけんで、トランプ札の束をテーブルの上にほうりだした。

「おまえさんみたいにすぐがっかりしちまう子は見たことがないよ！　一度できたんだから、もう一度だってできるさ。ただこれはふつうのことじゃないってことだ。なにもかもがもっとも適した状態じゃなきゃならない。なにもかもがな」

「へえー」

「そう、へえーってことなんだ。さあて、このくだらんゲームでわたしがわたしに勝ったら、図書室へいって、暦を調べてみようじゃないか。だから、しばらく静かにしていてくれんか？」
ルイスはそわそわ落ちつかなげに手を開いたり閉じたりしながら、照明をじっと見つめてジョナサンがゲームを終えるのを待った。それから二人は図書室にいって、鏡板の引き戸を開けてなかに入った。しめった紙と、薪の煙と、ジョナサンが自分のために特別ブレンドしたタバコ〝トルクメンの恐怖〟のにおいの漂う、すばらしくすてきな部屋だ。ジョナサンは魔法の本がしまってある壁まで脚立を移動させると、上にのぼって、ほこりだらけの分厚い本を取りだした。

ハーデスティ著
世界なんでも雑学事典
万年暦・年表・天文暦・祝祭日表付き

ジョナサンは本をぱらぱらとめくって月食のページを開くと、頭のなかですばやく計算して、言った。「おまえさんはついとるよ、ルイス。一九四八年は月食にもってこいの年だ。来週の金曜には惑星の位置が最高になる。その夜にタービーを招待しなさい。用意しておこう」

金曜の夜がきて、ルイスはタービーを夕食に連れてきた。食事じたいにはとくに魔法らしいものはなにもなかった。食卓においてあったリンゴジュースが何度もゲップしたけれど、それはジュースがだんだん発酵してきたせいかもしれなかった。お皿が下げられると、ジョナサンはルイスとタービーに、ツィマーマン夫人を手伝って台所の椅子を庭に出してくれんかね、と言った。それから自分は玄関へいって、青いヤナギ模様のつぼに入っている杖をじっくり眺めた。つぼには、あらゆる大きさや形の杖が入っていた。象牙や骨の柄のものもあれば、柄の曲がった頑丈な古いヒッコリー材のものもあったし、カエデ材のものも、細くしなる剣がなかに隠されているものもある。けれども、魔法の杖は一本だけだった。

それは、なにかとても堅い木で作られた長くて黒い杖だった。先っぽにピカピカに磨かれた真ちゅうの石づきがはめられ、反対のはしには野球の球くらいのガラス玉がついている。玉のなかは、雪がふっているように見えた。渦をまく雪片のむこうに、チラチラと奇妙な模型のお城が見え隠れしている。ガラス玉は冷たい灰色の光を放っていた。ジョナサンはその杖を選んで取ると、わきの下にはさんで台所にもどってきた。

裏庭では、観客たちが待ちかまえていた。ツィマーマン夫人とルイスとタービーは小鳥用の水盤のほうを向いて、背もたれの高い椅子にすわっていた。ひえびえとした十月の夜だった。澄みわたった空一面に星が輝き、庭のむこうはしに生えている四本のニレの木の上に巨大な満月がのぼっている。網戸がバタンと閉まり、みんなは顔をあげた。魔法使いの到着だ。

ひとことも言わずに、ジョナサンは家の北側へまわった。砂岩の壁の前に、苔むした古い雨樽がおいてあった。ジョナサンは樽のなかをのぞきこむと、暗い水に三回息を吹きつけ、左の人差し指でかすかに光っている水面を四つに切った。それから身をかがめて、樽の口に向かって奇妙な言葉をささやきはじめた。三人の見物人たちは席を立たずに（ジョナサンに自分の場所から動かないよう言われていたので）、いっしょうけんめい首を伸ばして魔法使いがなにをしているのか見ようとした。

樽の口で不気味に拡声されたささやき声はしばらく続いた。ルイスはすわったまま体を思いきりひねったけれど、見えるのはジョナサンおじの黒い影とかすかに灰色の光を放っている魔法の杖のガラス玉だけだ。しばらくすると、ようやくジョナサンはもどってきた。片手に杖を持ち、もう片方の手に持ったなべには雨水がなみなみ入っていた。

「おじさんは髪でも洗うつもりかい？」タービーがひそひそと言った。

「ああ、静かにしてよ！」ルイスはきつい声でささやいた。「おじさんは自分のやってることくらいわかってるんだ。黙って見てて」

タービーとルイスとツィマーマン夫人は、ジョナサンがなべの水を水盤に注ぐのをはらはらしながら見ていた。ジョナサンはまた水をくみにもどった。ザボン。ピチャピチャ。そしてまた水の入ったなべを持ってもどってきて、水を注いだ。それから三杯目をくみにいった。

どうやら、三杯で水盤はいっぱいになったようだ。ジョナサンはからになったなべをおくと、水盤に立てかけてあった杖を取りあげた。ガラス玉がぼうっと輝き、にぶい灰色の光線を放った。水盤の水面が照らしだされる。ジョナサンは杖で水の上に印を描くと、またなにやらぶつぶつと唱えだした。

「見にきてごらん」ジョナサンは三人の見物人に手招きした。三人は立ちあがって、水盤のほうへいった。たいらな浅いコンクリートの器に入った水が、まるで嵐のときの海のようにうねっている。ルイスは小さな波が白く砕ける様子を見て目をまるくした。次に、大きな波が水盤のふちに音もなく打ち寄せはじめ、点々と泡が草の上に散った。ジョナサンもしばらくいっしょに眺めていた。それからとつぜん、杖を掲げてさけんだ。「静まれ！　静まれ、地球の海よ！　われわれに満月を見せたまえ。たとえ、今は天に輝いていようとも！」

波は静まった。あっというまにまた水盤の水はたいらになり、静まりかえった黒い水面に、満月の冷たい影がぽっかり浮かんでいた。すると、ジョナサンが思いもよらないことをした。みんなが見ていると、ジョナサンはかがんで、水盤の台座のところに重ねてあった石から小さなまるい石をひっぱりだした。そして、石を高く掲げると、「下がってろ！」とさけんで石を落としたのだ。バシャン！　水がそこいらじゅうに飛びはね、ルイスは逃げおくれて靴をぬらしてしまった。

「まだ影はあるかな？」ジョナサンはにやっと笑って言った。「ともかく見てみるとするか！」

ジョナサンは水のなかに手を入れると、影を取りだした。なにかの錯覚かもしれない。でも、ジョナサンが掲げた氷のような灰色の円盤は、ついさっきまで水のなかに浮かんでいた影にそっくりだった。はたして、ルイスが水のなかをのぞいてみると、からっぽの水だけが黒々と光っていた。

ジョナサンは影を掲げると、まるでお皿かなにかのように表、裏とひっくりかえした。円盤はめらめらと冷たい炎を燃やし、今積もったばかりの雪のようにキラキラきらめいた。じっと見つめているうちに、ルイスは目が痛くなった。すると、ジョナサンが手首をぱっとかえして、円盤を庭のむこうに投げた。円盤は、四本のニレの木の前に黒々と茂ったやぶのほうへまっすぐ飛んでいった。そのあとを、ジョナサンは杖を持って追いかけていった。かなり距離があったので、月が出ていても、ジョナサンがなにをしているのか男の子たちとツィマーマン夫人にはまるで見えなかった。

いきなり、庭じゅうに竹製の風鈴のカランカランといううつろな音が響きわたった。ニレの木に吊るしてあったのを、ジョナサンが力いっぱいひっぱったのだ。それからジョナサンはこちらにもどってきたが、まるで影と格闘しているみたいにぴょんぴょん飛びはねながらなにやらさけんでいた。「ハ！　このおうそつきのおおぼらふきめ、やっつけてやる！　ヘイ！　ハン！　胸を三突きだ！」

ジョナサンは水盤の前までくると、ガラス玉がちょうどあごの下にくるように杖を持ちあげた。下からフットライトをあてられた役者みたいに、ジョナサンの顔が浮かびあがる。ジョナサンはゆっくりと右手をあげると、空を指さした。「見よ！」ジョナサンはさけんだ。

三人の観客はいっせいに顔をあげた。最初は、とくに変わったものは見当たらなかった。が、やがてゆっくりとタールが滴るように、黒々とした影がじわじわと驚いた月の顔をおおいはじめた。みるみるうちに月は暗くなり、完全にまっくらになって、ふつうの月食のときに見られる、月の位置を示す茶色がかったうすい影すらない闇が訪れた。

それと同時に、庭はにわかに生き生きとしはじめた。不思議な光景と音が、庭じゅうにあふれかえる。芝生はぼうっと青白く光り、つんと高く伸びた葉のあいだを赤い虫がシューシュー音をたてながらはいまわっている。大きく張りだしたヤナギの枝から、見たこともないような虫がぽとぽと落ちてきて、ピクニックテーブルの上でダンスをはじめた。虫たちはゆらめく青い光のなかで踊り、体をくねらせた。虫たちが合わせて踊っている音楽は、かすかにしか聞こえなかったけれど、マキシーン・ホリスター作曲の有名なフォックストロット《ムシのダンス》のように思えた。ジョナサンの客間のオルガンがよくひく曲のひとつだった。

ジョナサンおじはチューリップの花だんのほうへ歩いていくと、地面に耳をあて、じっと耳をすましました。そして、みんなにもくるよう合図した。ルイスがしめった土に耳をつけると、不思議な音が聞こえてきた。ミミズたちが硬く黒い土の塊をずんぐりした頭でつきくずしながら、ゆっくりゆっくり進んでいく音。球根や根の交わす秘密の会話。花たちの息づかい。そしてどうしてわかったのかわからないけれど、様々な不思議を知った。今ひざをついている土の下に、テキサコという名前のネコが葬られていること。ネコの細い象牙色の骨はだんだんと崩れ、しめった毛皮は萎びてもつれ、ぼろぼろになっていること。ネコを埋めた男の子は、そばに貝殻のいっぱい入ったバケツも埋めていた。男の子の名前や、どのくらい前にネコやバケツを埋めたのかまではわからなかったけれど、ルイスは赤と青のバケツをありありと見ることができた。あざやかな模様の上に点々と茶色いさびがつき、貝殻は緑色のカビにおおわれていた。

ずいぶんたってからようやくルイスは体をおこして、まわりを見まわした。すぐそばに、四つんばいになったタービーがいた。地面に耳を押しつけ、驚きで目を大きく見開いている。でも、ジョナサンおじさんは？　ツィマーマン夫人はどこにいるんだろう？　庭のむこうはしに目をやると、四本のニレの木の陰で二人が動きまわっているのが見えたような気がした。ルイスはタービーの肩をたたいて、そちらを指さした。二人は黙ったまま立ちあがって、魔法使いたちのほうへいった。

ルイスたちがいくと、ジョナサンがツィマーマン夫人と言いあらそっていた。ツィマーマン夫人も負けずに言い返していたけれど、耳はぴったり地面につけたままだった。

「これはむかしの排水管だって言ってるでしょう」ツィマーマン夫人はぶつぶつと言った。「一八六八年に水路図が古紙といっしょに捨てられちまって、わからなくなってたぶんですよ」

「おまえさんが思いたいように思ってりゃいいさ、このモジャモジャ頭！」そう言って、ジョナサンはもう一度音を聞こうと四つんばいになった。「これは、地下水だ。カファーナウム郡には地下水がたくさん流れているんだ。それにそうだとすれば、シンアンドフレッシュ川がニュー・ゼベダイに入るときより出るときのほうがはるかに大きいのが説明できる」

「でたらめばっかり言うんですから！　このぶくぶくじじい！」ツィマーマン夫人はまだ地面に耳を押しつけたままで言った。「わたしは、レンガの排水管を水が流れる音くらいわかってます。アーチ型のがらんどうの管なんですから」

「おまえさんの頭みたいに？」

ルイスとタービーは地面に耳をあててみたけれど、湖でプカプカ浮いているときに浮き輪に耳をつけると聞こえるような音がするだけだった。ルイスはひどく興奮していた。体がいくつあっても足りない。いっぺんにすべてのものに手をふれ、においをかぎ、耳を傾けることができれば！　庭の魔法は一時間以上も続いた。が、やがてぼうっと青白い光はいつもの見なれた月光にもどり、月は魔法を解かれて、ぽっかり空に浮かんだ。

家にもどりながら、ルイスは月食をおこしたせいで警察のひとに怒られないかしら、とたずねた。ジョナサンは面白がって、笑いながらルイスに手をまわした。

「だいじょうぶさ」ジョナサンは言った。「不思議なことに、なんにも言ってきやしない。どうしてかははっきりわからんが、おそらく月食はこの庭からしか見えないんだと思う」

「本物じゃないってこと？」

「もちろん、本物だ。自分の目で見ただろう？　だけど、人間の面倒なところは、自分の目以外では見られないってことさ。もしわたしがもう一人いたら、一人は町の反対側にやって、月食がそこでも起こっているかどうか確かめさせるんだがな」

「ツィマーマン夫人に見てきてもらえばいいじゃない？」

「フローレンスはけちだからな。いつでも当事者でいたいんだ。そうだろ、トントンチキさん？」

「そのとおり。それで、今わたしが当事者でいたいのはチョコレートチップ・クッキーをつまむことですよ。みんなうちへいらっしゃいな」

そこで、みんなツィマーマン夫人の言うとおりにした。ルイスは、タービーにツィマーマン夫人の家を見せられることになってうれしかった。ツィマーマン夫人の家は大きなお屋敷ではない。張りだし玄関に網戸のドアがついた、二階建ての小さなバンガローだった。けれども、家は不思議なものであふれかえっていた。それも、ほとんどが紫色なのだ。じゅうたん、壁紙、階段の手すり、トイレットペーパー、お風呂のせっけん。居間にかかっているシュールレアリスムの竜の絵まで紫だった。オディロン・ルドンというフランス人の画家が特別にツィマーマン夫人のために描いたものだった。

　みんなでクッキーをほおばり、ミルクを飲んでから、家にある紫のものを見てまわった。が、ルイスはタービーの口数が少ないのに気づいた。家に帰る時間になると、タービーはじゅうたんを見つめたままジョナサンと握手し、聞きとれないほど低い声でモゴモゴとツィマーマン夫人に「クッキーをありがとうございます」と言った。ルイスは玄関の門のところまでタービーを見送った。どうもタービーらしくない。いつもはおとなの前でもへいちゃらで、さわいでるのに。

「魔法を見せてくれてありがとう」タービーはそう言って、にこりともせずルイスと握手した。

「ちょっとこわかったけど、面白かった。きみのおじさんについて言ったこと、すべて取りけすよ。じゃあ、また」そう言うと、タービーはとぼとぼと丘を下りていった。

ルイスは不安で眉をひそめ、タービーの後姿を見送った。楽しんでくれたならいいけど。でも、だれだって、自分がまちがっていたとわかるのはいやなものだ。いくらそれまでが楽しくたって……。タービーは人気者で、いつだって自分が正しいのに慣れてる。でも、ジョナサンの魔法のことでは、まちがえたってわかったんだ。そしたら、どうするだろう？　ルイスはたった一人の友だちをなくしたくなかった。

第4章　幻影

　十月の最後の週だった。タービーの腕はもうほとんど治っていた。そして、ルイスがタービーに会う回数はどんどん減っていった。ルイスは今でも、学校裏のグラウンドでタービーを待っていたけれど、タービーはくるときもあったし、こないときもあった。

　もちろん、タービーがこの時期にフライやゴロの練習を面白がってくれるなんて思うほうが無理だった。フットボールのシーズンが始まっていた。ルイスは、タービーがほかの男の子たちと放課後にフットボールをしている姿を見かけるようになった。言うまでもなく、タービーはクォーターバックだった。長いパスも、エンドランも、〝スタチュー・オブ・リバティ〟みたいな難しいプレイだってやってのけた。

　いっしょにフットボールをやることも考えたけれど、ルイスはウィスコンシンにいたときのことが忘れられなかった。ルイスは、相手が突進してくると地面にうつぶして両手で頭を抱えてしまうし、パスはぜんぶ落としたし、ボールを蹴ろうとすれば、いつもひざにあててしまった。もし野球がすごくうまくなったら、来年はフットボールを教えてもらおう。

けれども、タービーがいないと、野球の腕はあまり上達しなかった。とはいえ最近では、タービーがいても同じだった。タービーはたまにルイスとキャッチボールをしにきても、早く終わらせたくてしょうがないのが一目でわかった。ルイスは、タービーが自分からはなれていくのがわかったけれど、だとして、どうやったらタービーをつなぎとめることができるのかは、見当もつかなかった。

土曜日の午後、二人で墓地を探検しているとき、ルイスの頭にある考えが浮かんだ。ニュー・ゼベダイの古い墓地は美しく、町の外の小高い丘の上にあった。墓地には凝った装飾がほどこされた石碑がたくさんあって、かめにもたれて泣いている女の人や、たいまつの火を消しているキューピッドなどが彫られていた。わざと壊れて見えるように作られた碑や、てっぺんに手がついていて天をさしているものもあったし、小ヒツジのかたちをした小さな墓石もあって、子どものお墓の上におかれていた。なかにはずっとむかしからそこにあって、すりへって、薄汚れた白い塊のようになってしまったものもあった。それは、なんとなくせっけんを思わせた。

その日、ルイスとタービーがとくに念入りに調べたのは、木の形に彫られた墓石ばかりが集められた区画だった。どのお墓にも、丸太の形をした小さなみかげ石が立てられていた。石には、木の皮や年輪や節穴まで刻まれている。その区画は、墓石と調和のとれた縁石で囲まれ、まんなかにひときわ高く壊れた石製の木がそびえていた。木のてっぺんはまるで雷に打たれたようにぎざぎざになり、石のキツツキが本物そっくりに彫られた木の皮でくちばしをといでいる。ルイスとタービーはこの石の森でしばらく遊んでいたが、だんだん疲れてきた。ジョナサンのステンドグラスみたいにトマト色のまっかな太陽が、二本の節くれだった松の木のあいだに沈もうとしていた。ルイスはブルッとふるえて、ジャケットのジッパーをあげた。

「ぼくの家にいこうよ」ルイスは言った。「ツィマーマン夫人がココアを作ってくれるよ。そしたら、本物の石化した木を見せてあげる。おじさんが西の森で見つけてきたんだ。ほんとうに石になってるんだよ」

タービーはうんざりだという顔をした。ひどく感じが悪かった。「またおまえのおじさんの家にいきたいわけがないだろ？　言わせてもらうけどさ、あの家はまともじゃないよ。だいたい、どうしてツィマーマン夫人は年がら年じゅうきてるんだ？　おじさんの恋人だとか？」タービーは石の木に腕をまわすと、ブチューと大きな音をたててキスしはじめた。

ルイスは涙がこみあげてきたけれど、なんとかこらえた。

「どうせ……どうせぼくのおじさんにできるのは、月食ぐらいだと思ってるんだろう？」ルイスは言った。ばかみたいだったけれど、ほかに言うことを思いつかなかった。

タービーは気のないふうにきいた。「へえ、なにができるんだい？」

ルイスは、自分でもどうしてそんなことを言ってしまったのかわからなかった。ただそのときすっと頭に浮かんできたのだ。

「おじさんは死人をよみがえらすことができるんだ」

タービーはとんぼ返りをして、丸太の墓標を飛び越えた。「ハ！　なるほどね」タービーは鼻を鳴らした。「いいか、おまえのおじさんはイカサマ師だ。あの夜、月が消えたり、いろんなことが起こったように見えたのは、おまえのおじさんが催眠術をかけたからさ！　とうさんがきっとそうだって言ってた」

　ルイスはじっとタービーを見つめた。「あの夜にあったことはだれにも言わないって言ったよね、覚えてるだろ？　約束したじゃないか」

　タービーは目をそらした。「ああ、約束したかもな。悪かったな」

　長いあいだ、二人は黙りこくったますわっていた。太陽はうっすらと赤い残照を残して、すっかり沈んでいた。夜風が墓に生えた長い草のあいだをさぁーっと吹きぬけていった。とうとうルイスは立ちあがって、口を開いた。声がのどの奥底からせりあがってきた。

「もしぼくが自分で死人をよみがえらせたらどうする？」

　タービーはルイスをじっと見た。そしてけたけた笑った。「そりゃあ、笑えるだろうな。真夜中に、おまえが大通りを幽霊に追いかけられてたらさ」タービーは立ちあがって、腕をゆらゆらとゆらした。「ウゥーウゥー」タービーはうなった。「ウゥーウゥーおばけだぞぉぉぉ！　ウゥー！」

　ルイスは、顔がかあっと赤くなった。「見たいんだな？」

「ああ」タービーは言った。「見たいさ。いつやってくれるんだい？」

「連絡する」ルイスはそう答えたものの、なにを、いつ、どうやるのか、これっぽっちだってわかっていなかった。わかっているのは、もしニュー・ゼベダイでのたった一人の友だちをつなぎとめたいなら、やってみるしかないということだけだった。

その週は、ハロウィーンの前の週だった。ルイスはほとんどジョナサンおじの書斎にこもりっきりだった。ふだんは図書室の本を好きなように見てもなんの問題もなかったけれど、今回はもしジョナサンにどんな本を見ているか知られたら、とめられるはずだった。それがわかっていたから、ルイスはいつもジョナサンがどこかに出かけたり、落ち葉をはきにいったり、庭に積まれたトウモロコシの束をくりにいくのを待った。邪魔が入らないことを確かめると、ルイスはクルミ材の引き戸をそうっと開けて、書斎にしのびこみ、脚立をゴロゴロと魔法の本が並んでいる壁まで転がした。ジョナサンには、ここの本は許可なしに読まないよう言われていたので、ルイスはひどくいやな気持ちがした。それを言うなら、今回のことはすべていやな気持ちがしてしょうがなかった。それでも、やるしかない。

ルイスは、古い奇妙な本を片っぱしから見ていった。五線星形、六線星形、アナグラム、魔よけ、アブラカタブラ、古期英語で印刷された長い呪文。けれどもルイスが一番長い時間を費やしたのは、『交霊術』という黒い革表紙の本だった。交霊術というのは魔術のひとつで、死人を生きかえらせることに関わる術だ。口絵の版画は、エリザベス一世おかかえの占星術師だったジョン・ディー博士と助手のマイケル・ケリーが、真夜中にイギリスの教会墓地で死んだ女の人の霊を呼びだしているところだった。二人は、地面にチョークで描かれた円のなかに立っていた。円のふちに、奇妙な記号や言葉がびっしり描かれている。魔法の円のすぐ外に、長いねまきを着た人影がふわりと浮かんでいた。頭に、むかし女の人を葬るときにかぶせたひだのある奇妙なボンネットをかぶっている。ルイスはこわさのあまり、何度もその挿絵のページにもどってしまった。それでも、ルイスはその本を最後まで読んだ。ぜんぶ目を通したうえ、呪文もいくつか覚えた。おまけに五線星形と、いっしょに記してあった呪文もノートの切れはしに写して、ポケットに入れた。

ハロウィーンは風の強い、薄暗い日だった。ルイスは自分の部屋の窓際にすわって、風がわずかに残ったボロボロの茶色い葉を吹き飛ばすのを眺めていた。ルイスは悲しかった。そしてこわかった。悲しいのは、いつも優しくしてくれるジョナサンおじの言いつけにそむいたせいだったし、こわいのは、タービーとハロウィーンの夜の十二時に墓地で待ちあわせたからだった。死んだ人の霊を呼びだすためだ——やってみるだけだけど。ルイスはうまくいくとは思っていなかったし、ある意味でうまくいかないことを祈ってもいた。

お墓はもう選んであった。墓地のある丘の中腹に霊廟があった。ルイスはそこにだれが葬られているのかもなにも知らなかった。それはタービーも同じだった。扉には名前さえ記されていなかった。ただどんな名前かはわからないけれど、Oで始まるらしい。なぜなら、どっしりとした古い石のアーチの上についた三角形に、Oの文字が刻まれていたからだ。ちょっと変わったOの字で、こんなかたちをしていた。

その夜、食事のとき、ルイスはあまりしゃべらなかった。ふだんとはまるでちがう。なにしろいつもは昼間にあったことをぜんぶ、自分が知らないことまでなんでもかんでも話

しつづけるのだ。ジョナサンは具合が悪いのかい、とたずねたけれど、ルイスはもちろんだいじょうぶだよ、見たらわかるでしょ、と言った。ジョナサンとツィマーマン夫人は心配そうに目を合わせ、ルイスをじっと見つめたけど、ルイスは下をむいたままもくもくと食べつづけた。食事が終わって椅子をテーブルにもどすと、ルイスは、今年はお菓子をもらいにいくのはやめた、もう子どもじゃないから、と宣言した。

「それって、うちにリンゴジュースとドーナッツも食べにこないってことかしら？」ツィマーマン夫人がきいた。「もしそうなら、夜中にグリゼルダの仮装でベッドの足元に立ちにいきますからね。生きかえった死体が歯をむきだしてにやって笑ってるの。こわいわよ」

ルイスは顔をあげた。恐怖に近い表情が浮かんでいた。が、むりやり口元に笑いを浮かべた。

「ううん」ルイスは言った。「リンゴジュース・アンド・ドーナッツ・パーティはぜったいにいくよ。なにがあったってさ。でも今は部屋で、ジョン・L・ストッダード全集の続きを読むことにするよ。ちょうど面白いところなんだ」そしてルイスはぱっと立ちあがると、お先にと言って二階へかけあがっていった。

ジョナサンは、ツィマーマン夫人を見た。「いやな予感がする」ジョナサンは言った。「なにかが起ころうとしているような」

「ずいぶん頭の回転が速いじゃありませんか！」ツィマーマン夫人が言った。「ええ、たしかになにかが起ころうとしている。でも、それが終わるまで、それがなんだかわからないって予感がしますよ」

「そうともかぎらん」ジョナサンはパイプに火をつけた。「だが、ルイスがなにか悪いことに関わっているとは信じられん。それに、いじわるなまま父みたいに、ルイスを問いつめる気にもなれんしな。だが、やっぱり、ルイスがなにをしようとしているのか知りたい」

「わたしもですよ」ツィマーマン夫人は考えこんだ。「ターピーとなにか関係あることかしら？　あの子の腕は治ってきているから、もうすぐまたほかの男の子たちと遊ぶようになるでしょう。つまり、ルイスはひとりぼっちになるってことよ」

ジョナサンはポリポリとあごをかいた。「うむ、そうかもしれん。近いうちにあの子と話してみなきゃならんな。ああ、それはそうと、時計の音が前より大きくなったのに気づいたかね？」ジョナサンはさりげないふうにたずねたけれど、ツィマーマン夫人はジョナサンの目に現れた表情を見のがさなかった。

「ええ」ツィマーマン夫人は無理に笑顔を作った。「わたしも気づきましたけどね。ほうっておけば、まただんだんおさまりますよ。前もそうだったじゃありませんか。でも、ひとつだけまちがいないことがありますよ。かなてこを持って家のなかをうろうろしたり、羽目板をひっぺがしたり、床板の隙間をのぞいたりしたって、なんにもなりゃしませんからね」

「そうだろうな」ジョナサンはため息をついた。「よっぽどしつこくやりつづければ、あのいまいましいおんぼろ時計を見つけられるかもしれん。だが、それをするってことは、家を壊すってことだ。そこまでの覚悟はないよ。時計がほんとうにわれわれに害を及ぼすものだとはっきりわかるまではな。それまでは、ただ想像しているにすぎないし。だいたい、時計がじっさい目に見える本物の時計で、アイザック・アイザードが人の頭をおかしくするために残していった幻影なんかじゃないというのだって、わたしの勝手な推測にすぎんのだから」

「考えないのが一番ですよ。いずれにしたって考えざるをえない状況になるまではね。このおそろしいことだらけの世の中で、起こるかもしれないすべての災害に備えておくなんて、どだい無理な話なんですから。もし悪魔が現れたとか、近い将来に世界の終わりがくるってことになったら、そのときなにか考えましょう」

「うーむ。地下室にでも隠れるとするか。さてと、皿を洗うかな」

ルイスは十時に部屋から下りてくると、となりへリンゴジュースとドーナツをごちそうになりにいった。いってみると、食堂でジョナサンとツィマーマン夫人がそろって待っていた。縦長の部屋のはしに大きなまるいカシのテーブルがあって、清潔なチェックのテーブルクロスがかかっている。その上に、リンゴジュースの入った大きなびんと粉ざとうのかかったドーナツ（ツィマーマン夫人は〝揚げ菓子〟と呼んでいた）のお皿がおいてあった。部屋のもう一方のはしには暖炉があって、紫色の火がぱちぱち燃えている。敷物の上を紫の影が飛びかい、マントルピースの上にかかった絵のなかで紫の竜がくねくねとのたくっているように見えた。竜はおそろしく獰猛そうだった。

「やあ、ルイス」ジョナサンは言った。「椅子を持ってきて、お入り」

ルイスがドーナッツを二、三個つまんで、リンゴジュースを大きなコップに四杯飲みほすと、ジョナサンが今夜のお楽しみは〝歴史の幻想、過去の名場面特集〟だと発表した。そしてルイスに、どんな場面が見たいかたずねた。

ルイスはすぐに答えた。「イングランドに負けたスペイン無敵艦隊が帰還するところを見たい。戦争してるところじゃないよ。それはもう、ジョン・L・ストッダードの本で読んだから。でも本には、無敵艦隊が国にもどるとき、なにがあったかまでは書いてないんだ。船はイングランドとスコットランドをぐるっとまわらなきゃならなかったんだよ。そこを見たい」

「いいだろう。あっちへいって、暖炉のそばにすわろう」

ルイスたちは立ちあがって、暖炉のほうへ移動した。三人のために、三つの大きな安楽椅子が用意されていた。みんながそれぞれの場所に落ちつくと、ジョナサンはパイプをマントルピースの上においてある二本の電気ロウソクに向けた。するとロウソクからすうっと電力がひいていった。光がちかちかしはじめ、最後にふっと消えた。次は、テーブルの上のシャンデリアの電球だった。まるで映画館で観客席の照明が落ちるのを見ているようだ。すると、ルイスの鼻と舌がむずむずしだした。潮のにおいと味がする。粒子の粗い霧が部屋にさあっと吹きこんできて、ルイスは自分が草の生えた岬に立っていることに気づいた。左にジョナサンが、右にはツィマーマン夫人がいる。三人の目の前で、冷たい灰色の海が大きくうねっていた。

「ここはどこ？」ルイスはたずねた。

「われわれはジョンオグローツに立っているんだ」ジョナサンは答えた。「スコットランドの最北端の地さ。年は一五八八年、あそこにいるのが無敵艦隊、つまり、その生き残りだ。見るには望遠鏡がいるな」

「望遠鏡？」ルイスは、自分たちが腰くらいの高さの壁にぐるっと囲まれた、小さな石の台の上にいることに気づいた。州立公園の展望台などでよく見るような壁の上に、小さな有料望遠鏡がすえつけられ、その下に説明書きがある。ルイスはかがんで、その小さなカードを眺めた。

無敵艦隊を見よう
今年最後のチャンス
五シリングお入れください

ジョナサンはベストのなかを探ると、大きな銀貨を二枚取りだし、ルイスに渡した。銀貨は半クラウン硬貨で、むかしのイギリスのお金で二シリング六ペンスだ。お金を入れると、ウィーンと音がした。ルイスは望遠鏡に目をあてのぞいた。

最初は、乳白色のものがぼんやり見えるだけだった。調節用のつまみをちょっとまわすと、のろのろと波を切って進む巨大なガレオン船が、ルイスの目に飛びこんできた。帆はずたずたに引きさかれ、ちぎれた策具が狂ったように風にあおられている。荒れくるう海に向けてずらりと並んだ銃眼はぴたりと閉じられ、板切れが貼られた船も三、四隻見えた。一隻の船は、船体のまんなかに太綱をぐるりとめぐらせていた。おそらくばらばらになるのを防いでいるのだろう。

ルイスの目の前を、船はもがくように進んでいった。やがて、装飾がほどこされた高い船尾が現れた。聖人や司教や竜たちの像が金色の窓枠を支え、渦巻装飾のついたすみっこにしがみついている。ルイスは、像のなかに腕や手や頭がなくなっているものがいくつかあることに気づいた。しかめっつらの司教が、司教冠を粋にななめにかぶっていた。

ルイスは望遠鏡をまわした。すると、奇妙な小男が見えた。男は、いちばん大きくていちばん豪華に見える、しかしいちばん損傷がひどい船の後甲板をいったりきたりしていた。ほとんどひざまで届きそうな黒いケープをまとっているが、ガタガタふるえている。長い口ひげはうなだれ、ひどく心配そうだった。

「あのいちばん大きい船にのっている人はだれ？」ルイスはきいた。

「彼こそが、メディナーシドニア公さ。オーシャン・シー号の総司令官。つまり、無敵艦隊の司令官ということだ。弾丸でハチの巣になって沈みかけた艦隊のね。すぐさま家にもどりたいと思っているにちがいないよ」

ルイスは、公が気の毒になった。昨日の夜ベッドでジョン・L・ストッダードの本を読んだときは、イギリス海峡にいって勇敢なイギリスのガレオン船を指揮できたらどんなにいいだろうと思っていた。そうしたら、舷側砲を次々と公の旗艦にうちこんで沈めてやる。

ところが今は、できることなら公を助けてあげたい気持ちだった。

　ルイスが立ったまま色々考えていると、ジョナサンが肩をポンとたたいて、ルイスがはじめて見るものを指さした。壁の上に、大砲がすえつけられていた。真ちゅうの二十四ポンド砲で、木の階段のついた砲架にのっている。砲架の台座の部分についた輪から壁についた輪までロープでつないであって、撃った衝撃で大砲が丘を転げ落ちないようにしてあった。

「おいで、ルイス」ジョナサンはにっこり笑って言った。「無敵艦隊を撃つんだ。ずっとやりたいと思っていたんだろう？　弾はこめてあって、いつでも撃てるようになっている。さあ！」

　ルイスの顔がみるみるうちにゆがみ、目に涙が浮かんだ。「だめだよ、ジョナサンおじさん！　できないよ！　あんなかわいそうな公と兵隊たちを撃つなんて。なにかぼくたちがしてやれることはないの？」

　ジョナサンはじっとルイスを見つめて、あごをなでた。「ふつうはな」ジョナサンはゆっくりとしゃべりだした。「男の子っていうものは、城を攻めたり戦争したりするのが好きなもんだが。おまえさんは驚くべき平和主義者だな。現実に遭遇したときなら、それもいい。だが、ついとることに、これは本物じゃないんだ。幻覚なんだよ。さっきそう言ったろう？　われわれはみんな、今もツィマーマン夫人の食堂にいるんだ。テーブルがはしっこにあって、もう片方のすみに紫の火が燃えてるあの部屋にね。そこの石をさわってごらん。驚くほど肘かけ椅子に似とるはずだ。あそこの公と船も、煙や霧ほども本物じゃないんだよ。大砲もな。だから、撃ってごらん」

ルイスは顔を輝かせた。それなら面白そうだ。すると、どこからともなく英国王の護衛兵の赤い軍服を着た兵士が現れた。兵士はルイスに長いさおの先でくすぶっている灯心を渡した。ルイスはそれを大砲の火口につけた。ドオン！　大砲はぐいっとうしろにさがり、ロープがぴんと張った。苦い煙がすーっと漂っていった。ツィマーマン夫人とどちらが有料望遠鏡を使うかで争っていたジョナサンが言った。「ああ、あれは……おいおい、フローレンス、おまえさんは自分ののぞき穴を探してくれ……ほう！　フォア・トルゲンマストのスプリットスル（船の前の部分にあるマストの下から三番目の継ぎマストにつけられた縦帆）をふっとばしたじゃないか！」

ルイスは、フォア・トルゲンマストのスプリットスルというのはなんだかわからなかったけれど、うれしかった。兵士がもう一度弾をこめ、ルイスはまた撃った。今度は、ごてごてと飾り立てられた船尾楼甲板の木の司祭像をふっとばした。ルイスがさらに数発を撃ってから、ジョナサンはさっと手をふった。すると護衛兵がもうひとり、木のバケツを持って丘を駆けあがってきた。バケツのなかには、まっかに焼けてシューシュー音をたてている大砲の弾が入っていた。エリザベス一世の海軍の水兵たちが〝焼じゃがいも〟と呼んでいたものだ。

兵士たちは二人がかりで大砲に弾をこめた。最初、小樽一杯ぶんの火薬をそそぎこみ、次に大砲の弾で火薬に火がつかないよう、ぬれた綿をつめこんだ。その次が大砲の弾だった。弾は綿に触れると、シューシュー湯気を出した。ルイスがもう一度、道火さおで点火すると、大砲がドォッとうしろにさがった。弾がヒューッと公のガレオン船めがけて飛んでいくのが見えた。まるで気の狂った小さい収穫月（秋分にもっとも近い満月）のようだ。弾があたると、船は炎に包まれた。たれひげの公は天国へのぼっていって、ハープを弾きながらさとうをまぶしたドーナツをほおばることになった。そしてルイスとジョナサンとツイマーマン夫人は、暖炉がぱちぱち燃えている食堂にもどっていた。

「さあて！」ジョナサンは手をこすりあわせながら言った。「次はなにを見たい？」

ルイスは一瞬ためらった。すっかり興奮して楽しんだせいで、このあと夜に待ちうけている仕事のことを忘れかけていたのだ。「ウォータールーの戦いが見たい」ルイスは言った。

ジョナサンがパイプをふると、ふたたび明かりが消えた。今度、ルイスたちは、ベルギーのぬかるんだ丘に立っていた。時は一八一五年。雨がふっている。しとしとふりつづける霧雨で、ルイスたちが立っている丘の正面の小高い丘がかすんで見える。眼下に広がる谷に、いくつもの小さな赤い正方形が見えた。三人が見ていると、この正方形にバラバラと青い矢がふりそそぎ、正方形はへこんで平行四辺形に変わり、台形になって、さらにひし形になった。だが、完全に壊れることはなかった。すると、正面の丘から煙がぽっとあがった。キノコみたいだ、とルイスは思った。うしろを見ると、土が噴きあがって、石のかけらが舞っていた。

「ナポレオンの砲兵隊だ」ジョナサンが動じずに言った。今度は、ルイスたちのいる丘からキノコがあがった。ウェリントン公（ウォータールーの戦いでナポレオンを破ったイギリスの将軍）が味方の大砲で応酬したのだ。頭の上でロケット弾が炸裂した。緑、青、シュウシュウとふきだす白煙、そしてもちろんみごとな紫。谷から旗があがったが、いったんさがって、あがり、またさがった。ルイスとジョナサンとツィマーマン夫人は、ジョンオグローツの壁とそっくりの低い壁のうしろから成りゆきを見守った。

ずいぶん長い時間がたったように感じられたとき、ルイスははるか右手に人が立っているのに気づいた。背の高いやせた男でふちぞり帽をかぶり、前すそをななめに裁った黒い上着を着ている。ルイスは一目でわかった。あれがウェリントンだ。ウェリントンはジョン・クラーク・リドパスの『世界の歴史』で見たのとそっくりそのままだった。

ウェリントンは望遠鏡で地平線を入念に調べた。それから悲しそうに望遠鏡のふたをカチリと閉めると、時計を取りだした。ツィマーマン夫人が鎖の先につけているものとよく似ているその時計が、カンカンと八回鳴った。ウェリントンは目をむいて空を見あげると、手を胸にあて、おごそかに言った。「ああ、ブリュッヒヤーよ、きてくれ、夜がくる」

「どういう意味、ジョナサンおじさん？」ルイスはたずねた。リドパスの本の挿絵はぜんぶ見ていたけれど、戦いについての記述はまったく読んでいなかった。

「ブリュッヒャーっていうのは、プロイセンの将軍だ。ウェリントンの援軍にくるはずなんだ。ナポレオンはグルーチを送って、ブリュッヒャーをひきとめたんだ」ジョナサンは言った。

ルイスはくすくす笑った。「どうして不平家なんて呼ばれてるの？」

「それが名前だからよ」ツィマーマン夫人が言った。「ただし、スペルは同じだけど、ほんとうはグルーシって発音するのよ。フランスの名前だから。このぶよぶよさんは知ってるくせに、わざと面白おかしくしようとしたのよ。さて、ジョナサン、ウェリントンは今回は勝つと思う？」

「さあな、フローレンス。まあ、見てるとしよう」

これはジョナサンの作り出した幻影でほんとうの戦いではなかったし、今夜はジョナサンはふざけたい気分だったので、たまにはナポレオンに勝たせようと決めた。まるで本棚から本が落ちるように、日がすとんと落ちた。けれども、ブリュッヒャーは現れなかった。青い矢は赤い正方形を薄切りにして、こまぎれにして、バラバラにした。次に青い矢は、丘をあがってくる軍隊に向けられた。兵士たちは、熊の毛皮の帽子をかぶっているせいで高い背がよけいに高く見えた。長くて黒い口ひげを生やし、先に銃剣のついたマスケット銃を持っている。ウェリントンの援軍だった。そのウェリントンは苦虫を噛みつぶしたような赤い顔をして、帽子をつかみとると踏みにじった。そして時計ももぎとって地面にたたきつけ、やはり踏みつぶした。

「ウォオォオォー！」ウェリントンはさけんだ。「にっくきグリニッジ平均時め！　ああ、ここが故郷なら！」

すると、ぱっと舞台が変わって、ルイスとジョナサンおじとツィマーマン夫人は、暖かい火の燃えた薄暗い食堂にもどっていた。炉棚の上においてある紫の陶器の時計が十一回、耳ざわりなカーンカーンという音をたてた。ぜんぶで一時間しかたっていなかったのだ。

ジョナサンは立ちあがって伸びをすると、あくびをして、みんな寝ようと言った。ルイスはツィマーマン夫人にすてきなパーティのお礼を言うと、ジョナサンといっしょに家へもどった。そして二階へあがってベッドに入ったが、眠らなかった。

第5章　墓地の丘

ベッドのわきの新しいウェストクロックスの時計についた蛍光の針が、じりじりと十二時へ近づいていく。ルイスは服を着たまま、毛布をかぶってじっと横たわっていた。まっくらな部屋のなかで、心臓をどきどきさせながら、ルイスはくりかえしつぶやいた。「やらなくてもすみますように。やらなくてもすみますように」

ルイスはズボンのポケットに手を入れて、魔法の円をかきうつした紙きれに触れた。もう一方のポケットには、黄色の太いチョークが入っている。ジョナサンおじが様子を見に部屋に入ってきたらどうしよう？　毛布をあごまでひっぱりあげて寝ているふりをすれば、それでいいんだ。カチカチカチカチ。ルイスは、今がもう次の週だったらいいのにと思った。タービーにあんなばかな約束をしなければよかった。ルイスは目を閉じて、まぶたの裏に現れる模様をじっと見つめた。

時間が過ぎていった。ルイスははっと起きあがった。毛布をはねのけ、ぱっと時計を見る。十二時五分すぎ！　タービーとは、真夜中に墓地で待ちあわせていた。遅れちゃう！　どうしよう？　タービーは待っててくれないかもしれない。家に帰って、明日みんなにルイスがこわがって逃げたって言いふらすかもしれない。

ルイスは顔をごしごしこすり、考えようとした。墓地は、ワイルダー・クリーク公園のちょうど反対側にそびえる丘の長い尾根の上にあった。町の境界を越えて尾根にあがる道に出るまで半マイルは歩かなければならない。もちろん近道はあるけれど、ルイスはあまり使いたくなかった。でも、もうそんなことは言ってられない。

のろのろと慎重に床の上に足をおろした。それから四つんばいになると、ベッドの下を探って懐中電灯を取りだした。旧式の長い懐中電灯で、縦溝のついた柄の先に大きなまるい電球がついている。握ると、金属がひんやりと冷たく、ぬるぬるしているように感じられた。ルイスは洋服ダンスへいくと、厚い上着をはおった。墓地の丘の上は寒いだろう。

ルイスは寝室のドアを開けた。廊下はいつもどおりまっくらだった。となりの部屋からジョナサンおじのいびきが聞こえる。ルイスはおそろしくなった。おなかのあたりがむかむかする。今すぐ部屋に駆けこんで、ジョナサンを起こして、今からやろうとしていることも、どうしてやるはめになったかも洗いざらい話してしまいたい、とルイスは心底思った。けれども、じっさいはそのどれもせずに、足音をしのばせて廊下を渡ると、裏階段に続く扉を開けた。

町の反対側までは、そんなにかからなかった。〈境界線〉の標識が立っているところまでくると、ルイスは道路のわきをうろうろしてようやく小さな木の階段を探しあてた。砂利を敷いた土手を下り、ワイルダー・クリーク公園まで続いている。このあたりは川もかなり浅かったので、ルイスはバシャバシャと歩いて渡った。氷のように冷たい水が足首まででくる。反対の岸までいくと、上を見た。手が汗ばんでいる。ルイスはくるりと背を向けて、家に帰りたくなった。

ルイスは、セメタリー・ヒルを見あげた。高い丘のてっぺんはたいらな尾根になっていて、まっぷたつに切るように狭い泥道が伸びている。登るのは難しくなかった。ニュー・ゼベダイの子どもたちは、夏のあいだ毎日のようにこの丘を登ったり下りたりしている。けれども、高いところが苦手なルイスにとっては、エベレストも同然だった。

ルイスは暗い丘を見あげ、二、三度ごくりとつばを飲みこんだ。回り道をすれば……だめだ。今だって遅れているのに、タービーは退屈して、帰ってしまうだろう。こんな時間に墓地にひとりになるのだけはごめんだ。ルイスは懐中電灯をぎゅっと握りしめると、登りはじめた。

最初のたいらになったところで、ルイスは立ちどまった。息が切れ、上着の前がなかまでぐっしょりぬれている。ズボンのひざには黒いしみができ、靴のなかに小枝が入っていた。あと崖がもうふたつある。ルイスは歯を食いしばって、また登りはじめた。

丘のてっぺんにつくと、ルイスはばったりとひざをついて、何度も十字を切った。顔じゅう汗がたらたらと流れ、心臓がドキンドキンと打っているのがわかる。とにかく、やったのだ。すばらしい偉業とは言えなかった。タービーはきっとルイスの十分の一の時間で登ったにちがいない。でも、ルイスだって登るには登ったのだ。

ルイスはまわりを見まわした。ルイスの立っているところから、ヤナギ並木の通りが長く伸びていた。葉の落ちたヤナギの枝がゆらゆらと風にゆれている。ルイスはブルッとふるえた。ひどく寒かったし、孤独だった。通りの突きあたりで、墓地の灰色の門がかすかに光っていた。ルイスは門に向かって歩きはじめた。

墓地の門は、凝った彫刻のほどこされた、どっしりとした石のアーチだった。まぐさ石に、文字が刻まれていた。

ラッパが鳴り
死人はよみがえるだろう

ルイスが押すと、鉄の門はギィーと音をたてて開いた。ルイスはずらりと並んだ白い墓石の前を急ぎ足で通りすぎた。例の霊廟はセメタリー・ヒルの反対側にあった。町のむこうの深い谷が見わたせる。墓の扉の前にある石の台座まで細い小道が伸びていた。タービーはどこにいるんだろう？

ルイスがまわりを見まわすと、「うわっ」とだれかがさけんだ。ルイスはもう少しで気絶するところだった。もちろんタービーで、霊廟の前にある石のアーチの影に隠れていたのだ。

した。

「やあ、ずいぶんかかったな。どこにいたんだ？」ターピーは言った。

「登るのが大変だったんだ」ルイスは悲しそうにぬれて泥だらけになったズボンを見おろした。

「デブは登るのは大変なのさ。少しやせたらどうだい？」

「さあ、やることをやっちゃおう」ルイスは言った。ひどく気分が重かった。

扉にあがる階段の石板は、ひびが入って苔におおわれ、今は丘の影にすっぽり包まれていた。まわりのものはみんな、明るい月の光を浴びている。ルイスは懐中電灯をつけると、醜い鉄の扉に青白い光をあてた。扉と扉のあいだに重い鎖が渡してあり、大きなハート型の南京錠でガッチリとめてある。ルイスはその上を照らしてみた。コーニス（壁面の突出した平面の部分）に奇妙な形をしたOの文字が見えた。風がふっとやんだ。あたりは静まりかえった。ルイスはターピーに懐中電灯を渡すとひざをつき、紙きれとチョークを取りだした。そして大きな円を描くと、そのなかに小さな円を描いた。

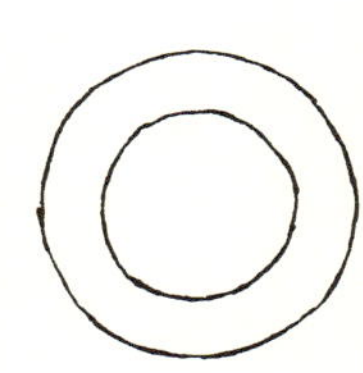

タービーは動かないように懐中電灯を持ち、ルイスは魔法の円のふちを紙きれに記しておいた記号で埋めていった。最後の奇妙な記号をかきおわっても、まだなにもかいていないところが残っていた。ジョナサンの本では、そこに死んだ人の名前を記すことになっていた。けれども、ルイスは名前なんて知らなかった。

「それで？」タービーは言った。「どこに死人がいるんだい？」

「まだ終わってない。名前を書かなくちゃいけないんだ」

タービーはうんざりした顔をした。「つまり、わからないってことかよ？」

「うん、わからない」ルイスはため息をついた。「たぶん、一、二分ここですわって待ってたら、浮かんでくるよ」

二人は黙って墓の扉の前にしゃがみこんだ。とつぜん、ひゅうっと風が吹いてきて、すぐそばに生えているカシの木の枯葉がカサカサと鳴った。数分が過ぎた。ルイスの頭のなかはからっぽのままだった。が、なぜかルイスはチョークを手に取った。

「懐中電灯でここを照らしていてくれ」

ゆっくりと慎重に、ルイスは名前を書きはじめた。おかしなことに、ルイスの頭には名前なんてひとつも浮かんでいなかった。まるで、ほかのだれかがルイスの手を操っているようだ。ルイスは最後にシャッと線をひいて、名前を書きおえた。セレーナ。聞いたこともない名前だ。セレーナなんて名前の人はひとりも知らない。だいたい、ほんとうにセレーナと読むのかさえわからなかった。でも、とにかくこれでできあがったのだ。

ルイスはくしゃくしゃになった紙を持って立ちあがった。そして、うわずった声で呪文を唱えはじめた。アバ　べべ　バチャベ……

ルイスは黙った。横にしゃがんでいたタービーが腕をつかんで、ぎゅっと握りしめた。墓の奥深くから音が響いてきたのだ。ブゥーン！　低いうつろな音だった。鉄の扉がガタンとゆれた。まるでなかから、だれかがたたいたみたいに。鎖がガチャガチャ鳴り、扉の前でガチャンと音がした。南京錠の落ちた音だった。おびえきってひざまずいている男の子たちの前に、凍るように冷たい灰色の光がふたつ、ぼうっと浮かびあがった。光は、半開きになった扉の前をふわふわと舞いおどった。そしてなにか黒いものが——夜よりも、水にこぼしたインクよりも黒いものが、扉の隙間からじくじくとにじみ出てきた。

タービーはルイスをゆさぶると、ますますきつく腕を握りしめた。「逃げるんだ！」

タービーはさけんだ。

二人は転げるように坂を下り、あわてて丘の斜面をおりはじめた。途中ルイスは転んでザザザーッとおなかですべり、木の根で顔じゅうひっかいた。草をつかもうとしたけれど、ぬれた草はつるつるすべって握っていられない。ルイスはごろごろ転がって、今度はあおむけにすべり落ちていった。肩甲骨がすりむけ、後頭部が岩にガツンとぶつかった。気がつくと、全身恐怖でガタガタふるえながらまっさおな顔で泥道にすわりこんでいた。

月が薄い雲のうしろからすぅーっと顔を出して、ルイスを見おろした。月もおびえているようだ。目の前の草の生えたどぶに、タービーが大の字になって伸びていた。タービーはさっと立ちあがると、丘をふりあおいだ。そしてルイスの腕をひっぱった。「立てよ！

ここから逃げださなきゃ。追いかけてくるかもしれないぞ。ほら、はやく！　はやくしてくれよ！」

ルイスはぼうぜんとしてふるえていたけれど、ともかく立ちあがり、タービーを追いかけて次の崖を下りはじめた。そのまま最後の崖も下り、川をじゃぶじゃぶと渡ると、ニュー・ゼベダイへもどる砂利道に出た。

砂利道を歩きながら、ルイスは何度も立ちどまって、ブルッと身震いした。タービーは、いいかげんにしろ、と言った。

「とめられないんだ」ルイスは具合の悪そうな声で言った。「きみも見たろ？　ぞっとする！」

「なにを見たかわからないよ」タービーはぶすっとして言った。「月の光かなにかかもしれない」

ルイスは目をまるくしてタービーを見た。本気だろうか？　それとも自分の目で見たものを見たって認めまいとしている？　ルイスにはわからなかったけど、もうどうでもよかった。わかっているのは、自分がこわくてしょうがないということだけだった。

ルイスがこっそり家にもどったのは、三時ちょっと前だった。足音をしのばせて裏階段をあがると、ジョナサンおじが寝ているのを確かめてから、自分の寝室のドアをすばやく開けた。同じようにすばやくドアを閉めると、ルイスはぬれて泥だらけになった洋服をのろのろと脱ぎはじめた。それから脱いだ服を小さくまるめて、洋服ダンスの暗いすみっこのほうに投げこんだ。懐中電灯はどこだ？　タービーが持ってるんだろう。あとでかえしてもらえばいい。洋服のほうは、ジョナサンに気づかれないように自分で洗えるだろう。

ルイスはベッドに入った。寝ようとしたけれど、目を閉じると、どうしてもあのふたつのめらめらと燃える光の輪が浮かんできてしまう。ようやくうとうとしはじめたが、今度は奇妙な夢を見た。時計の針と骸骨に追いかけられて、高くそびえた石の墓のまわりをぐるぐるまわっている夢だ。一度びくっとして目を覚ましたとき、部屋じゅうに、そして家じゅうに、大きな音がカチカチと鳴りひびいている気がした。

第6章　謎の車

次の朝、ルイスが朝ごはんに下りてくると、ジョナサンおじがニュー・ゼベダイ新聞の一面の記事を読んでいた。興味をひかれたルイスは、おじの肩ごしにのぞいてみた。そこにはこう書いてあった。

心なき者、墓をあばく
非常識な行ないに申し開きを求める声

昨夜、オークリッジ墓地のアイザード家の霊廟に心なき者が侵入した。墓の扉は開けっぱなしで、南京錠は壊されて通路に転がっていたという。今回のハロウィーンでは、ほかに公共物の汚損や節度を越えた破壊は見られなかったが、事件はそれをだいなしにした。墓場荒らしがなにを求めていたのかは推測の域を越えているが、望まれるのは……

「おはよう、ルイス。ちゃんと寝られたかね？」ジョナサンは顔をあげずに言った。

ルイスは青ざめた。ジョナサンおじは知ってるのだろうか？

ツィマーマン夫人はテーブルの向かいにすわって、チェリオスのシリアルをカリカリ食べていた。「棺も開けられたのかどうか書いてある？」ツィマーマン夫人はたずねた。

「いいや、書いてないな。きっと管理人は扉を閉めて、新しい南京錠をつけただけなんだろう。だからって、責められないよ。わたしだって、アイザック・アイザードの墓のなかなんて見たくないからな」

ルイスはすわった。いちどきに頭のなかをたくさんのことが駆けめぐっているのを、整理したかったのだ。

「ぼく……ぼくは何度かタービーと墓地までいったんだよ、ジョナサンおじさん」ルイスは用心深く言った。「でも、アイザードって書いてあるお墓は見なかったけど」

「ああ、やつはな、自分の名前を墓に記したくなかったんだ。自分の細君を葬るとき、石工を連れてきて、家名を削りとって、オメガを刻ませたんだ」

「オメガ？　なにそれ？」

「ギリシャ語アルファベットの最後の文字さ。魔法使いがよく使うんだ。Oの字に似とるが、下がくっついていない。最後の審判の印、世界の終わりの印なんだ」

ルイスはお皿のなかでぷかぷか浮いているシリアルのOの形を眺めた。そしてむりやり、二、三粒飲みこんだ。

「どうしてそんな印をお墓につけたがったの？」ルイスは声がふるえているのを気づかれないようにしながらきいた。

「わたしには想像もつかんよ。おいおい、ルイス、墓あらしの件でこわがっちゃいないだろうね？　アイザック・アイザードはとっくに死んじまったんだ。やつのせいでいざこざが起こるなんてことはありえない」

ルイスはジョナサンを見て、それからツィマーマン夫人を見た。二人がルイスに早く学校へいってもらいたいと思っていることくらい、ルイスにはすぐわかった。二人だけでこの事件のことを相談したいのだ。そこで、ルイスはさっさと朝食を終わらせて、モゴモゴといってきますと言うと、教科書をひっつかんで表へ出た。

ジョナサンとツィマーマン夫人が墓あらしのことを二人だけで相談したがっていたのは、ほんとうだった。アイザック・アイザードとセレーナ・アイザードのような力のある魔法使いの墓がなにかされたとしたら、真剣に話しあう必要があったし、そんな話でルイスをこわがらせたくなかったのだ。二人とも、この件にルイスが関わっているなんて思ってもみなかった。ジョナサンは夜中に甥の寝相をのぞき見する趣味などなかったから、ルイスが家を抜けだしたとは考えもしなかったのだ。もちろんジョナサンもツィマーマン夫人も、ルイスの様子がおかしいことは心配していた。けれども、それをハロウィーンの夜の事件と結びつけることはなかった。

二人の相談の結果――なにかよからぬことが起こりつつあるということ以外、なんの結論も出なかったけれど――、ルイスを連れて夜に車でカファーナウム郡をぐるりとまわろうということになった。ルイスはドライブが大好きだし、ここのところ、どこにも連れていってなかったから、遠出をすればルイスもきっと陰気な気分を追いはらえるだろうと思ったのだ。

ところが、その日ルイスは暗く思いつめた様子で学校から帰ってきた。一日中、墓のことが頭から離れなかったのだ。だから、ジョナサンが夕飯のあと椅子をひき、これからドライブにいこうじゃないかと言ったときも、ただ肩をすくめて、「うん、いいんじゃない」と死にかけたネコみたいな声で言っただけだった。

ジョナサンはしばらくルイスを見つめていたが、なにも言わなかった。そしてそのまま立ちあがって、車のキーを取りにいった。やがて三人、つまりジョナサンとツィマーマン夫人とルイスは、ジョナサンの一九三五年型のマギンズ・サイムーンの前座席にぎゅうぎゅうづめになって乗りこんだ。ドアの下に踏み板がついた大きな黒い車で、フロントガラスはクランクをまわして開けられるようになっていた。車は青みがかった煙をもうもうと吐きだすと、わだちだらけの車道をバックして、表の道路へ出た。

三人は何時間も走りつづけた。残照はいつまでも明るく、谷間には紫の霧がたちこめていた。車は、〈チューメイルポーチ〉と書かれた大きな青い看板のある納屋を通りすぎ、ぬかるんだ深いわだちにとまっているジョン・ディアのトラクターのわきを通った。

それから丘をあがって、また下り、ガタゴトと線路を越えた。線路わきのX型の標識は、まちがった方向に読むと〝てつふみ、どうきり〟と読めた。さらに、教会と、表に給油ポンプのある食料品屋が一軒と、交差点の三角に生えた草の上に旗がはためいているだけの小さな町をいくつも通りぬけた。日がすっかり落ちたころには、ニュー・ゼベダイからかなり遠くまできていた。

　帰り道、ジョナサンはいきなり車をとめた。ルイスにはなにがなんだかわからなかった。ジョナサンはエンジンを切ると、ダッシュボードに並んだ緑の計器灯をじっと眺めた。

「どうしたの、ジョナサンおじさん？」ルイスはきいた。

「さっきからずっと、車の音がするような気がするんだ。おまえさんも聞いたかい、フローレンス？」

「ええ」ツィマーマン夫人は不思議そうな顔でジョナサンを見た。「でも、それがなにかおかしい？　夜だってこのあたりを通る人はいるはずでしょう？」

「そうかな？」ジョナサンはおかしな声で言った。そして車のドアを開けて、砂利道に下りた。

「そこにいてくれ」ジョナサンは二人に言って、少し先まで歩いていって立ちどまると、耳をすませた。車のドアは開けっぱなしだったけれど、道路わきの木が風にそよぐ音と、鉄条網にぶらさがったブリキの標識がカランカランと鳴っている音以外、ルイスにはなにも聞こえなかった。車がとまっているのは、高い丘の頂上近くだった。ルイスは、車のヘッドライトが谷からあがってきて、次の谷にすっと消えるのを見た。

ジョナサンが走って車にもどってきた。そしてドアをバタンと閉めると、エンジンをかけた。キュキュキュッとタイヤを鳴らしてジョナサンは車をUターンさせると、今きた道をもどりはじめた。

ルイスはこわくなった。「どうしたの、ジョナサンおじさん？」

「あとにしてくれ、ルイス。フローレンス、ニュー・ゼベダイにもどるには……ちがう道でもどるにはどうするのがいちばんいい？」

「次のわき道を右に入って。そこがトゥエルブマイル道路。ワイルダー・クリーク道路に続いてますから。もっと踏みこんで。追いついてきてるわ」

むかしおとうさんとおかあさんと車で出かけたとき、ルイスはよくどこかの車に追いかけられているつもりになって遊んだ。夜の長いドライブで退屈したとき時間をつぶすには、いいゲームだった。その謎の車がわき道や家の車道へ入っていってしまうとがっかりしたものだ。けれども、今夜はゲームでなく現実だった。

急カーブの続く道を、車はキーキーとタイヤを鳴らしながら、今にもひっくりかえりそうになって走った。丘を上がっては下り、直線道路にくると時速七、八十マイルで飛ばした。が、田舎道はくねくねと曲がり、直線道路はそんなに続かなかった。ジョナサンがこんなにスピードを出して、無謀な運転をするのははじめてだ。けれどもどんなにスピードを出しても、バックミラーのなかで冷たく光るふたつの輪は消えなかった。

ツィマーマン夫人もジョナサンおじさんも、うしろの車にだれが——なにが乗っているのかわかっているようだった。すくなくとも、自分たちをやっつける力のある人物だと思っているのはまちがいない。しかし二人とも、ときおり方向の指示を出す以外、なるべくなにも言わないようにしている。だからルイスはただすわって、緑の計器灯を眺めたり、ヒーターの温風をひざにあてたりして、なんとか心を落ちつかせるほかなかった。もちろん、おそろしい暗やみのなかで二人の魔法使いの温かい体にぴったりはさまれているのは、心強かった。でも、この二人もおびえている。それがルイスの恐怖を倍増させた。

なにが追いかけてくるんだ？　ジョナサンもツィマーマン夫人もさっと腕をふって、敵の車をただの煙を吐くアルミホイルに変えてくしゃくしゃにまるめちゃえばいいのに！　バックミラーに映ったヘッドライトを見つめているうちに、ルイスは墓地で見た光を思いだした。そしてジョナサンが言っていたアイザードの妻のメガネのことも。ようやくルイスにもわかりかけてきた。すべての出来事がどうくみあわさるのかが。

車は小石をはねとばして走りつづけた。黒々とした骸骨のような木々に囲まれた谷を下り、高くそびえる丘を越え、車は沈む月と競争するように走って走って走りつづけた。ルイスたちは遠回りをしたので、その晩カファーナウム郡をほとんど走ったことになった。もう数時間は走ったように思われたとき、三叉路に出た。車がタイヤをきしませて角を曲がった瞬間、ルイスは霜で白くなった南北戦争時代の大砲と、汚れたステンドグラスのはまった木の教会と、雑貨屋をちらりと見た。暗い窓で、文字がちかちかと光っていた。

「もうワイルダークリーク道路へ出ましたよ、ルイス」ツィマーマン夫人は言って、ルイスの肩に腕をまわした。「あと少しですよ。だいじょうぶ」

車はさらに走った。道路わきの枯草が排気ガスに倒され、張りだした枝が屋根にぴしぴしとあたる。バックミラーを見ると、あいかわらず白い光の輪がゆらゆらと踊り、しかもだんだん近づいているように思えた。逃走がはじまってから、車二、三台ぶん以上光を引きはなしたことは一度もない。

ジョナサンはアクセルを床まで踏みこんだ。針がぐんと八十マイルまであがる。危険だ。すくなくとも、この道でそんなスピードを出すのは危ない。けれども、もっと大きな危険がうしろに迫っていた。ジョナサンはできるだけ大きくカーブを切った。タイヤがキュキュキュキュキュッと鳴り、フェンダーが道路わきの崩れたアスファルトをかすめる。アスファルト道路に入ったので、砂利のガタガタ道よりは早く走れるはずだ。

とうとう高い丘のてっぺんまできた。下を見おろすと、星明かりに照らされて(月はかなり前に沈んでいた)、ワイルダー・クリークの川面がキラキラとおだやかに光っていた。橋があって、黒い桁が迷路のように交差している。ルイスたちは飛ぶように丘を下った。スピードがどんどんついてくる。が、うしろの車も同じはやさで追いかけてきた。橋が目前まできたとき、バックミラーに映った光がヘッドライトにはできないはずの芸当をやった。どんどん明るく強くなり、目のくらむようなまっしろい光の棒になったのだ。ルイスはとっさに両手で目をかばった。目が見えなくなったのだろうか？　ジョナサンも見えなくなってたら？　車がぶつかる……。

するといきなり、車の下で橋板がガタガタガタガタと鳴りだした。ルイスは手をおろした。見える。ジョナサンはにっこりして、ブレーキを踏んだ。ツィマーマン夫人がほっとしてフウッと大きなため息をついた。橋を渡ったのだ。

ジョナサンがドアを開けて外へ出たので、ルイスは座席で体をねじって、うしろの車を見た。車は橋のすぐ手前でとまっていた。ヘッドライトは暗くなっていて、針の先くらいの黄色い光がくすぶっている。なかに人がのっているかどうかはわからなかった。フロントガラスが全面、ぼうっと銀色に光っている。

ジョナサンは腰に手をあてて立ったまま、じっと相手の車を見つめた。もう、こわがっている様子はなかった。謎の車はゆっくりと向きを変え、走り去った。マギンズ・サイムーンにもどってきたジョナサンはくっくと笑っていた。

「もうおしまいだ、ルイス。安心しなさい。魔女や邪悪なものは、流れている水を渡ることはできないんだ。古いきまりだが、今もまだ生きてる」

「もう少し、説明したほうがいいでしょう」ツィマーマン夫人がお得意の学者ぶった口調でしゃべりはじめた。「この鉄橋は、一八九二年にエリフ・クラバノングが造ったんです。お国のためにやったってことになってますけど、ほんとうは、どんなことがあっても死んだおじのエディドヤが川を越えて自分をつかまえにこないように造ったんですよ。エリフは片手間に魔術に手を出していたから、この鉄の橋に……」

ジョナサンが耳をふさいでさけんだ。「おい、かんべんしてくれ！　朝の四時からカファーナウム郡の歴史をぜんぶおさらいするつもりかい？」

「そんな時間なの？」ルイスはきいた。

「それか、もっと遅いかさ」ジョナサンは疲れた様子で言った。「すごいドライブだったよ」

三人はニュー・ゼベダイへ向かって走りつづけた。途中、夜じゅう開いている食堂で車をとめ、ワッフルと卵とフライドポテトとソーセージとコーヒーとミルクでたっぷり朝ごはんをとった。三人はさらに居すわって、まったく危ないところだったと口々に言いあった。ルイスは山のように質問したけれど、答えはほんの少ししかもらえなかった。

ニュー・ゼベダイへ帰ってきたころには、明けがたになっていた。どんよりとした十一月の夜明けだった。灰色の粒子の粗い霧のなかで、町と丘が泳いでいるように見える。

ジョナサンは車を家の前につけると言った。「なにかおかしいぞ。フローレンス、ルイスと車のなかで待っていてくれ」

「なんですって！」ツィマーマン夫人は口元にしわをよせてさけんだ。「まだなにかあるっていうの？」

ジョナサンはさっと鉄の門を開け、玄関へ向かってすたすたと歩いていった。ルイスのすわっているところから、玄関のドアが開いているのが見えた。それはそんなにおかしなことではなかった。ニュー・ゼベダイの人たちはドアにかぎなんてかけなかったし、この扉は閉めたときに掛け金がはずれてしまうことがあったからだ。ジョナサンは家のなかに消えた。それからまるまる十分間、ジョナサンは帰ってこなかった。ようやく現れたときには、顔に不安げな表情を浮かべていた。

「いいよ、フローレンス」ジョナサンはツィマーマン夫人の座席側のドアを開けながら言った。「入ってもだいじょうぶだと思う。だが、だれかが家に入ったようだ」

ルイスはわっと泣きだした。「おじさんの水ギセルは盗まれなかったよね？　ボンソワール硬貨は？」

ジョナサンは弱々しく笑った。「いいや、ルイス。残念ながら、そんな単純なことじゃないと思うよ。だれかがなにかを探しにきて、どうやら見つけたようだ。さあ、おいで」

ルイスは、椅子やランプが壊され、そこいらじゅうにものが散らばって家のなかがめちゃくちゃになっているのを想像していたけれど、玄関に入ると、なにひとつ散らかっていなかった。すくなくとも、そう見えた。ジョナサンはルイスの肩をぽんとたたいて、天井を指さした。「ごらん」

ルイスはあっと息をのんだ。照明が天井からぶらさがっているところに、真ちゅうのカップがはめてあったが、それがベリッとひきはがされていた。カップは鎖の途中までずりおちていた。

「家じゅうこんななんだ」ジョナサンが言った。「壁にくっついた突きだし燭台や天井の明かりのカップがぜんぶかなてこでこじ開けられてる。いくつか椅子もひっくりかえってるし、花ビンも割れてるけど、それはただの泥棒だと思わせるためだ。だが、だまされちゃだめだ。そいつはどこを探せばいいか、おおよそわかっていたんだ。こっちへきてごらん」

ジョナサンは、ルイスとツィマーマン夫人を玄関わきの客間に連れていった。ここはじっさいほとんど使っていなくて、凝った飾りの赤いベルベットの小さい椅子と長椅子がところせましと並べてある。ハルモニウム（足踏み式のオルガン）の上の壁に、他の部屋と同じような真ちゅうの照明がついていた。カップの形をした変色したおおいが壁にぴったりとくっつけてあり、そこからくねっと曲がった真ちゅうの細い管が突きだしている。管の先にはソケットと電球がついていて、ひだ飾りのついたピンクのかさがかぶせてあった。

「カップはぜんぶはがされてるって言ってなかった？」ルイスは言った。

「言ったよ、これもだ」ジョナサンが言った。「だがここでは、だれかさんはまた前のとおりにもどしたらしい。ばかなことをしたもんだ。あとは家じゅうのカップがずり落ちてるっていうのに。だれかさんがそんな下手な小細工をしたのは、わたしがこのカップを調べないようにしたかったからだ」

ジョナサンは椅子をひっぱってくると、その上に登った。そしてカップをパカッとはずすと、なかをのぞきこんだ。それから椅子から下りて、地下室に懐中電灯を取りにいった。ジョナサンがもどってくると、ツィマーマン夫人とルイスは代わりばんこにカップのなかをのぞいた。二人とも、キツネにつまれたような顔をした。ほこりだらけのカップのなかは、緑色のさびがついている。ルイスは、ポーカーのチップに使っているローマ時代の銅貨の割れ目やひびについたさびを思いだした。それは、古い真ちゅうのカップのなかに、気が遠くなるほど長いあいだ隠されていたものが残した跡だった。それはこんな形をしていた。

「時計のかぎみたいだ」ルイスがかすれたかぼそい声で言った。

「ああ、そうだ」ジョナサンはカップのなかを照らすと、目を細めてじっと見た。

「ジョナサンおじさん、いったいこれぜんぶ、どういうことなの？」ルイスは今にも泣きだしそうな調子になって言った。

「そいつがわかればな」ジョナサンは言った。「わかってりゃいいんだが」

第7章　罪

その十一月、ニュー・ゼベダイは雨が多かった。一晩じゅう雨が小やみなくふりつづけ、朝になると歩道に氷がはっていた。ルイスは窓際にすわって、雨粒が玄関の張りだした屋根のかけたスレートをつんつんとたたくのを眺めていた。おなかのあたりがむかむかしていた。みぞおちに、からっぽの黒いもやもやがある感じだ。ルイスは後悔と罪の意識にさいなまれていた。自分がなにをしでかしたのかわかったからだ。すくなくとも、わかったと思っていた。ルイスはアイザードの妻を墓から出してしまったのだ。そして彼女がかぎを盗んだ。ジョナサンの館の壁のなかでカチカチ鳴りつづけている魔法の時計を巻くかぎ。時計は朝も昼も夜もカチカチカチカチ時を刻み、大きくなったり小さくなったりしながら鳴りつづけていた。

これからどうなるんだろう？　どうやってアイザード夫人をとめればいい？　もうかぎ

は使ってしまっただろうか？　もし使っていたら、なにが起こるんだろう？　ルイスにはなにひとつ答えはわからなかった。

ジョナサンにすべてを話せば、どうにかなるかもしれない。でもそうすれば、自分がやってしまったことを認めることになる。ルイスはそれがこわかった。ジョナサンが話しにくい相手だからではない。むしろ、こんなに話しやすい人はほかにあまり知らなかった。死んでしまった実のおとうさんよりも、はるかに話しやすいくらいだ。でも、だったら、どうしてこわいんだろう？

そう、ルイスはこわいからこわいのだった。もしかしたら前に一度、ルイスが悪いことをしたとき、おかあさんが少年拘置所に送りますよ、とおどしたせいかもしれない。ルイスと両親が住んでいた町のはずれに、少年拘置所の大きな白い建物があった。建物は高い丘の上にあって、窓には鉄棒や金網がついていた。悪いことをした男の子や女の子がそこに送られる。すくなくとも、そうみんなは言っていた。でも、ほんとうに送られてしまった子を、ルイスは一人も知らなかった。もちろん、ルイスのおかあさんは、悪いことをしたからってルイスを拘置所に送ったりしない。あたりまえだ。けれどもルイスにはそんなことはわからなかったし、今も、ジョナサンおじにハロウィーンの夜のことを話そうとすると、少年拘置所のことが頭のなかにちらついてこわくなるのだった。ジョナサンがどういう人物かを考えてみさえすれば、まったくばかばかしい心配だった。でもルイスがジョナサンを知ってからまだそんなに長くなかったし、人っていうのはばかばかしいことをしないとは限らないのだ。

そしてもうひとつ、ルイスをさらに絶望させることがあった。ルイスはタービーを失ってしまったのだ。おべっかをつかったり、策略をめぐらせたりしたのに……むしろそのせいで、タービーを失ってしまったのだろう。死人をよみがえらすことができると言うのと、ほんとうにやるのとはちがう。ふつうの人だったら魔法使いと友だちになりたいなんて思うわけがない。タービーはルイスのことがこわくなってしまったのだ。そうじゃなければ、ほかの男の子たちと――ホームランを打ったりフライをとったりできる男の子たちと、遊ぶのに夢中なのかもしれない。どっちにしろ、ルイスはハロウィーンの夜以来、タービーの姿を見ていなかった。

ゆっくりと一カ月が過ぎていった。雨はふりつづけ、不思議なことや悪いことはなにも起こらなかった。でも、それも十二月三日までだった。ハンチェットさんが引っ越しをしたのだ。

ハンチェットさんは、ジョナサンの家から通りをはさんだ向かいに住んでいた。こげ茶色の箱のような家で、窓はとても小さかった。ひし形の窓ガラスは上下に動かすのでなく、外へ開くようになっていた。ハンチェットさんたちは愛想のいい中年の夫婦で、ジョナサンとツィマーマン夫人のことをとても好いていた。ところがある朝、とつぜんいなくなってしまったのだ。二人が姿を消してから二、三日後、トラックが一台と灰色のユニフォームの引越し屋さんがやってきて、ハンチェットさんの家の家具をぜんぶ積みこんでどこかへ走りさった。次に不動産屋の男の人がきて、大きな赤と白の看板を玄関にぶらさげた。それにはこう書いてあった。

こんにちは！
わたしは売りに出てます
ビショップ・バーロウ・リアルターまでご連絡ください

電話番号８６５

ビショップ・バーロウといったって、ほんとうに司教なわけではなかった。ビショップというのが名前だったのだ。ルイスはその人を知っていた。太ったおしゃべりな男で、雨の日でも四六時中サングラスをかけている。安っぽいにおいの葉巻を吸って、お店の日よけみたいなスポーツジャケットを着ていた。

ジョナサンは、ハンチェットさんがいなくなったことにひどくショックを受けたようだった。そしてオシー・ファイヴ・ヒルズの町で弁護士をやっているハンチェットさんの息子のところに電話をかけた。ハンチェットさんたちは、息子のところにいた。おびえきった夫婦はジョナサンの電話に出ようとしなかったけれど、引っ越すはめになったのはジョナサンのせいだと思っているようだった。息子は事件についてはよく知らないらしく、幽霊とか「魔法に手を出した」とかいうようなことをぶつぶつ言って電話を切ってしまった。

ある日ルイスが学校から帰ってくると、ハンチェットさんの空家の前に小さな引越しトラックがとまっているのが見えた。トラックの横に大きな黒い文字で〈タミナス引越しセンター〉と書いてある。ルイスは道を渡って、トラックから荷物をおろすのを見にいこうとした。そのとき、運転手が顔見知りなことに気づいて、ぎょっとした。ハンマーハンドルだった。

ニュー・ゼベダイの子どもはみんな、ハンマーハンドルを知っていた。そしてちゃんとものののわかる子なら、この男をこわがった。ハンマーハンドルは性悪のろくでなしで、線路わきのタール紙でつくったボロ小屋に住んでいた。しかも未来を見ることができるといううわさがあった。ルイスは一度暑い夏の日に、ハンマーハンドルのボロ小屋の前に集まっていた子どもたちのうしろから、なかをのぞいたことがある。男は壊れた台所用の椅子を戸口に出してきてすわり、〝世界の終わりの夜〟の話をしていた。話を信じるなら、それはもうまもなくやってくるとのことだった。うしろに見える暗い散らかった小屋のなかに、つるつるの黄色い棒が並べてあった。おのの柄、くわの柄、かなづちの柄。ハンマーハンドルが作って売っているのだ。それが、かなづちの柄という名のゆえんだった。

ルイスはそこに立ったまま、ハンマーハンドルは引越し屋のトラックなんか運転してなにをやってるんだろうと考えていた。するとハンマーハンドルがバタンと運転席のドアを閉め、道を渡ってきた。そしてさっとまわりを見まわすと、いきなりルイスの襟首をひっつかんだ。ごわごわのひげづらが目の前にきて、ウィスキーとタバコの臭いがプンプンする息がかかった。

「なに見てやがんだ、このがき」

「べ、別に、た、ただ、どんなひとが引っ越してくるのか、見たかっただけです」あたりは暗くなってきていた。こんなに暗くちゃだれにも見つけてもらえないかもしれない。大声でさけんだら、ジョナサンかツィマーマン夫人が駆けつけてくれるだろうか？

ハンマーハンドルはルイスの襟をはなした。「いいか、がき」ハンマーハンドルはキー キー耳ざわりな声で言った。「ちょっかいだすのは、自分ちの塀のなかだけにしとけ、わかったな？　てめえんちのでぶのじじいも同じだ。おれにかまうな、いいな？」ハンマーハンドルはぎらぎらした目でルイスをにらみつけると、うしろを向いて、トラックのほうへもどっていった。

ルイスはしばらくガタガタ震えながらそこに立ちつくしていた。全身汗びっしょりだった。それからくるりとうしろを向いて、開いている門からなかへ駆けこむと、ポーチをかけあがって家のなかに飛びこんだ。

「ジョナサンおじさん！　ジョナサンおじさん！」ルイスは大声で呼んだ。そしてバタンと書斎のドアを開けると、なかをのぞいた。ジョナサンはいなかった。ルイスは玄関わきの客間や台所や吹き抜けに向かって大声でさけんだ。するとやっと階段の上に、バスローブ姿のジョナサンおじが現れた。バスローブは教授たちが卒業式のとき着る礼服のような形で、黒い袖に赤のストライプが入っていた。片方の手に持った長い柄のブラシからは、ポタポタと水が滴り、もう片方の手にお風呂のなかで読んでいた本を持っている。

「なんだ、ルイス？　どうした？」最初ジョナサンは機嫌が悪そうだったけれど、ルイスの様子を見たとたん、本とブラシを落として、階段をバタバタとかけおり、ルイスを抱きしめた。びちょびちょの抱擁だったけれど、とても心地よかった。

「ルイス！　どうした！」ジョナサンはそう言って、ルイスの前にひざをついた。「いったいぜんたいどうしたんだ？　ひどい顔をしてるぞ！」

ルイスは途中で何度も口ごもったり、泣きくずれたりしながら、ジョナサンになにがあったかを話した。ルイスがなんとか話しおえて顔をあげると、ジョナサンの表情が変わっていた。さっきとはちがって、怒りに満ちたきびしい顔をしている。でも、ルイスに怒っているのではなかった。ジョナサンはすっくと立ってバスローブをぎゅっとしめなおすと、のしのしと玄関まで歩いていった。一瞬ルイスは、ジョナサンがその場でハンマーハンドルに飛びかかる気なのかと思った。けれどもジョナサンは玄関のドアを開けて、向かいのハンチェットさんの家をじっと見ただけだった。引越し屋のひとたちがトラックの尾板をひきあげて、帰ろうとしていた。そんなにおろす荷物はなかったようだ。

ジョナサンは腕ぐみをしたまま、走り去っていくトラックを見送った。「やつが手を出してくることとくらいわかったはずなのに」ジョナサンははき捨てるように言った。ルイスはおじの顔を見あげた。いったいなにが起ころうとしているのか見当もつかなかったし、どういう意味かジョナサンにきくのもなぜかこわかった。

その夜、食事をとりながら、ルイスはジョナサンにどうしてハンマーハンドルはあんなに卑劣なことばかりするのかたずねた。ジョナサンはフォークを投げすてると、怒ったように言った。

「やつが卑劣だからさ！　それ以上の説明が必要か？　いいから、やつとは関わらないようにするんだ。そうすれば、なんの心配もない。いいか、関わるんじゃない、関わるんじゃ……ああ、わたしはなにを言っとるんだ？」ジョナサンは立ちあがると、バタバタと部屋を出ていった。

書斎のドアがバタンと閉まる音がした。

ツィマーマン夫人がテーブルの向こうから手を伸ばすと、優しくルイスの手に重ねた。

「だいじょうぶですよ、ルイス。おじさんはあなたに怒っているわけじゃありませんよ。ただ最近、考えなきゃいけないことが山ほどあって、あんまり寝てないんですよ。わたしのうちへいらっしゃい。チェスをしましょう」

「うん」ルイスはうれしかった。

二人は夜の十時までチェスをして遊んだ。ルイスはほとんどのゲームで勝ったので、うきうきした気分で家に帰ってきた。二階にあがると、ジョナサンの寝室のドアの下から、光が細くもれていた。今はじゃまをするのはやめよう。ルイスは寝るしたくをすると、窓際の椅子にすわり、重いカーテンを開けた。

星の輝く寒い夜だった。丘のてっぺんにある貯水塔が月に照らされてこうこうと輝き、家の屋根のとんがった影が黒々と浮きあがっている。ハンチェットさんの両どなりの家には明かりがついていて、ひとつの窓から新しいテレビが一台、水槽のように灰色に光っているのが見えた。ジョナサンの家にはまだテレビはなかった。ハンチェットさんの家は、屋根にわずかに月光があたっているほかは、濃い影のなかに沈んでいた。街灯の光で、車寄せに車が一台とまっているのが見えた。

カーテンを閉めてベッドに入ろうとしたとき、ハンチェットさんの家の玄関にぱっと明かりがついた。玄関の扉にはめこまれた二枚のすりガラスが黄色く光り、片方のドアがすうっと内側に開いて、だれかが玄関のポーチに姿を現した。ルイスは、そのだれかがじっと立っているのを見つめた。ただじっと立って、十二月の凍るように冷たい夜気を吸いこんでいる。メガネがキラッと光ったような気がしたけれど、この距離からではっきりはわからなかった。

しばらくすると、黒い人影は家のなかに入って、ドアを閉めた。玄関の電気が消えた。ルイスはしばらくそこにすわったまま考えていた。そしてカーテンを閉めると、ベッドに入った。

第8章　お向かいさん

次の日、ジョナサンはルイスを手伝って、玄関の押入れのなかをひっかきまわしてスケート靴を探した。ルイスは足首が弱かったし、氷の上で転ぶのもこわかったけど、ともかくスケートの練習をしてみようと決めたのだった。もしうまくなったら、またタービーに気にいってもらえるかもしれない。タービーがスケートをしているのは見たことがなかったけれど、チーム一のホームランバッターなら、ニュー・ゼベダイ一のスケート選手にまちがいなかった。ダージー池の氷に自分の名前を書くくらい、やってのけるかもしれない。

そういうわけで、ルイスとジョナサンは曲がったバドミントンのラケットや、アライグマの毛皮のコートや、オーバーシューズや、ピクニックのバスケットをぽんぽんと廊下にほうりだした。とうとうジョナサンが、小人のはく短いアルミニウム製のスキーみたいな代物を一本持って出てきた。初心者用のスケート靴で、小さな刃が二本ついていた。

「これでいいかい？」

「うん、これで片方だ。ありがとう、ジョナサンおじさん。もう片方を探さなきゃ」

探しながら、ルイスは何気ないふうをよそおってきいた。「ハンチェットさんの家に、今はだれが住んでるのかな？」


ジョナサンはいきなり押入れのなかで立ちあがったので、棚に頭をゴツンとぶつけた。顔をしかめて頭をさすったあとで、ジョナサンはルイスを見おろして、ちょっときつい口調で言った。

「どうしてそんなことを知りたいんだい？」

「ただ知りたかっただけなんだ」ルイスは赤くなって言った。そしてまた、どうしておじさんはそんなに怒るんだろう、と不思議に思った。


ジョナサンはもう片方のスケート靴を持って、押入れから出てきた。そして、積み重なった服の上にぽんとほうりなげた。

「ただ知りたかっただけ、か？　いいかい、ルイス。世のなかには知らないほうがいいこともあるんだ。だからもしわたしの言うことを聞く気があるなら、関係ないところに鼻を突っこむのはやめろ。さあ、もう片方のスケート靴だ。楽しんでおいで。わたしは書斎で仕事をせんとならん。そうじゃなくても、おまえさんのくだらない質問のせいでだいぶ時間をつぶしちまったんだ」

ジョナサンはぷいと立って、怒ったような足どりで書斎のほうに歩いていった。そしてピシャリとドアを閉めたが、一瞬考えて、また押入れのところへもどってきた。ルイスはまだしゃがんだまま、涙を浮かべていた。

「許してくれ、ルイス」ジョナサンは疲れた声で言った。「わたしは最近、ほんとうに最低の気分なんだ。きっとタバコの吸いすぎだな。あの向かいの家のことだが、聞いたところによるとオマー夫人という年とった婦人が借りたそうだ。かなり意地の悪いばあさんらしい——そう聞いとる。まだ一度も会っとらんのだ。わたしは、おまえさんになにかよくないことが起こってほしくないだけなんだよ」ジョナサンはぎこちない笑みを浮かべると、ルイスの肩をぽんぽんとたたいた。そして立ちあがると、書斎のドアのほうへ歩きかけた。が、もう一度立ちどまった。

「あの家へいくんじゃないぞ」ジョナサンは早口で言うと、書斎に入って、両開きのドアをピシャリと閉めた。

ルイスは、謎と恐怖と緊張が交差しながら、自分を取りかこもうとしているような気がした。あんなおじははじめてだ。そしてますます、向かいの家の新しい住人のことが気になりはじめた。

クリスマスの前の週、大雪のふった夜に、ルイスはけたたましいベルの音で起こされた。ビリリリリーン！　ビリリリリーン！　電気のベルでなくて、玄関のドアのまんなかについた古いぜんまいじかけの呼び鈴だった。だれかが平べったい金属製のかぎをまわして、すっかり動かなくなっていた古い呼び鈴を鳴らしているのだ。ビリリリリーン！

ルイスは起きあがって、枕元の時計を見た。蛍光の針が二本ともまっすぐ上を指している。真夜中だ！　こんな時間にいったいだれが？　ジョナサンおじが下へいって、ドアを開けるだろう。隙間風の入る玄関のことを考えるだけで、ルイスは寒気がした。そしてキルトの掛けぶとんを体にしっかり巻きつけると、ブルッとふるえた。

また呼び鈴が鳴った。まるでめそめそと泣きながら、ばかなことを言いはっているような感じの音だ。ジョナサンの部屋からはなにも聞こえなかった。起きて動いている音はしない、ということだ。部屋の壁は厚かったのに、ジョナサンがグォーグォーと太いびきをかきつづけるのが聞こえた。大砲を撃ったって、起きやしないだろう。

ルイスは起きあがった。ふとんをどけると、バスローブをはおって、スリッパを探した。そして静かに廊下に出ると、暗い階段をパタパタと下りていった。玄関ホールの前で、ルイスは立ちどまった。門のすぐ外にある街灯がこうこうと光り、玄関のひだのついたカーテンに、かくかくと曲がった黒い影が映っていた。ルイスは身動きひとつせずに、じっと影を見つめた。動いていない。ゆっくりとルイスは前へ出た。ドアまでくると、冷たいノブをつかんで、くるりとまわす。ドアはガタガタと音をたてて開いた。凍るように冷たい風がむきだしの足首に吹きつけた。死んだマッティおばが立っていた。

ルイスが後ずさりすると、おばはむかしよくやっていたようにちょっと首をかしげて、ルイスのほうへよろよろと歩いてきた。小刻みにふるえる青い光がおばを包んでいた。ルイスは悪夢のような出来事に目を見開いて、マッティおばを見つめた。おばは最後に会ったときと同じかっこうをしていた。黒いしわくちゃのドレスに、太いヒールの重たい靴をはき、房のついた黒い傘をコツコツと鳴らしながら歩いてくる。ルイスは、灯油の臭いまでするような気がした。おばの家も家具も服も、いつもこの臭いがしみついていた。おばがしゃべると、ぼうっと白い顔がゆれて光った。聞きなれた声にルイスはぞっとした。

「おや、ルイス？　わたしに会えてうれしくないのかい？」

ルイスは気を失った。はっと気がつくと、寒い玄関にあおむけになって倒れていた。ちらちら光る青い光はすっかり消えていた。マッティおばの姿もない。が、玄関のドアが開いたままになっていた。すりへった敷居の上に雪が吹きこみ、道の反対側で街灯が静かに冷たい光を放っていた。あれはぜんぶ、夢遊病者の見る夢だったのだろうか？

そうは思えなかった。今まで夜中に歩きまわったことはない。ルイスはしばらくそこに立ったまま考えていたが、どうしたわけか足をひきずってのろのろとポーチに出ると、雪の積もった階段を慎重に下りた。足が冷たくてヒリヒリと痛む。けれど、そのまま歩いて門へ続く小道を半分ほど下ると、ふりかえって館を見た。そしてあっと息を飲んだ。からっぽの窓や砂岩のザラザラした壁に、不思議な光が躍っていた。夏の昼間なら不思議はない。でも、十二月の夜に見るのは、薄気味悪かった。木漏れ日だったのだ。葉のあいだからこぼれた日の光が、円や三日月型の影をちらちらと投げかけていた。

ルイスは目を奪われて、しばらく立ちつくしていた。すると、光はすーっと薄くなり、ルイスはひとり、雪におおわれたまっくらな庭に残された。クリの木から雪の粉が舞い落ちてきて、ふわりと頭にかぶさり、ルイスははっと我に返った。足はすっかりかじかんでヒリヒリしている。そしてはじめて、薄いパジャマと半開きの綿のバスローブを通して冷たい風が入りこんでくるのに気づいた。ルイスはガタガタふるえながら、玄関のほうへよろめくようにもどっていった。

部屋に入ると、ルイスはベッドのはしにこしかけた。もう寝られないのはわかっていた。暖炉には火を起こすのに必要なものが残っていたし、ココアがしまってある場所もわかっている。数分後、ルイスは暖かくて心地よい火のそばにすわっていた。ルイス専用の暖炉の黒い大理石で躍る影が、くつろいだ雰囲気をかもしている。ルイスはどっしりとした陶器のマグから湯気のたっているココアをすすり、なにか楽しいことを考えようとした。なにも浮かんでこない。そのまま一時間ほどすわってココアをすすりながらあれこれ思い悩んだあげく、ルイスはフロアランプのスイッチを入れて、本棚から中国について論じたジョン・L・ストッダード全集の二巻目を取ってきた。そして、暖炉のわきで夜明けまで読みふけった。

次の朝、朝食のとき、ルイスはジョナサンが目をまっかにしてそわそわした様子なのに気づいた。ジョナサンも眠れなかったのだろうか？　あれ以来ジョナサンは泥棒のことも、謎の車に追われたことも、アイザードの墓のこともなにひとつ話そうとしなかったし、ルイスもそうした話題を持ち出さないようにしていた。けれども、なにかジョナサンが悩んでいるのはたしかだったし、泥棒が入った夜以来、毎晩ジョナサンとツィマーマン夫人が話しあっているのも知っていた。ボソボソと話す声が暖房の通風口から聞こえたのだ。でも、なにを話しているのかまではわからなかった。何度か隠し通路にひそむことも考えたけれど、見つかるのがこわかった。通路には、ガチャガチャ音のするお皿でいっぱいの食器だなから入らなければならない。だから実は隠し通路というわりには隠れ場所にもってこいというわけではなかった。それに、万が一バネ式の隠し錠がカチリと閉まってしまったら、大声でさけんで出してもらわなければならない。そうすれば、なんらかの説明はまぬがれないだろう。

ルイスは、いっそのことなにかが起こってほしいとまで思うようになった。もう秘密はうんざりだ。自分からジョナサンとツィマーマン夫人を遠ざけてしまう秘密が、いやでいやでしょうがなかった。ルイスは、おじたちがいつも自分のことを見ているような気がした。ルイスがわっと泣きくずれて、すべてを告白するのを待っている気がした。ジョナサンおじたちはどこまで知ってるんだろう？

その年のハイ・ストリート一〇〇番地でのクリスマスは、いいこともあったし、悪いこともあった。書斎の大きなツリーとガラス玉には魔法がかかっていて、部屋を映しているときもあれば、見知らぬ惑星の古代遺跡を見せてくれることもあった。ジョナサンはルイスにいくつか魔法のオモチャをくれた。なかには、巨大なピンク色のイースターエッグ（もちろんクリスマスエッグにしてもだいじょうぶ）もあった。まわりにまぶしたキラキラは砂糖ごろもみたいに見えるけれど、食べることはできない。卵のなかをのぞけば、歴史上のどんな戦いでも見ることができた。それも、ほんとうに起こったことではなくて、ルイスが望んだとおりの戦いの場面が見られるのだ。ルイスは知らなかったけれど、卵はツリーのガラス玉と同じで、他の惑星の光景を見せることもできた。けれども、ルイスがその卵の力を知るのは、おとなになって、パロマー山（サンディエゴの北東にある山。反射望遠鏡を備えた天文台がある）で天文学者として働くようになってからだった。

その年のクリスマス、ジョナサンはほかにも色々なことをやった。まず家じゅうの窓にロウソクを飾った――ロウソクといっても本物でなく電気でつくロウソクだ。ジョナサンはこちらのほうが好きだった。ステンドグラスの窓のうしろには、とくに明るく光るランプをおいたから、外のキラキラ輝く雪に、目を奪われるような赤や青や金や紫の美しい模様が映しだされた。それからジョナサンは〝ヒューズ箱の小人〟も作った。地下室の入口にあるペンキの缶のうしろから小人がひょいと飛びだしてきて、「アホー！　アホー！ぼくはヒューズ箱の小人だぞう！」とさけぶのだ。小人はこわくなかったし、「アホー！」とさけぶのも、なんだか哀れで、とがめる気にはなれなかった。

そしてもちろん、コートかけの鏡にはすばらしい見せ物が用意されていた。鏡はくりかえしチチェン・イツァの遺跡を写すくせがあったけれど、ななめになった角でどうやってかＷＧＮラジオ局の電波をひろえるようになっていた。毎朝ルイスが出かけるときは、ダウ・ジョーンズの平均株価情報が流れていた。

　ルイスはクリスマスをせいいっぱい楽しもうとしたけれど、うまくいかなかった。ジョナサンは魔法でこの館に起ころうとしていることをおおいかくそうとしているのだという思いが、頭から離れなかった。なにが起ころうとしているのかはわからなかったけれど、奇妙でおそろしいことにちがいなかった。マッティおばを見た——もしくは見た夢を見た——夜から、館ではますます不思議なことが起こるようになっていた。部屋の空気がチラチラとゆらめいて、次の瞬間ぱっと館が消えてしまいそうに思えるときもあったし、窓のステンドグラスに暗くおそろしい光景が映しだされるときもあった。ときどき、ルイスは部屋のすみっこになにかおそろしいものがひそんでいるのを見たような気がした。臆病なひとが、見えそうで見えないところにひそんでいると信じこんでいるようなものが。部屋から部屋へ歩きまわっていると、たとえ日がさんさんと照っている真昼間でも、今日が何日なのか、自分がなにを探しているのか、ときには自分がだれかさえわからなくなった。そして夜になると夢を見た。夢のなかで、ルイスは一八九〇年当時のワニスが塗られたばかりの新しい館のなかをさまよっている。はっと目を覚まして、寝室の壁にチラチラと光が躍っているのを見たことも、一、二度あった。今度のは木漏れ日ではなくて、夕暮れ時に古い家のすみっこで見るようなオレンジ色の光のかけらだった。

もちろんひっきりなしに不思議なことが起こっているわけではなく、四八年から四九年の長くて寒い冬のあいだに、ポツンポツンと起こっただけだった。春がくると、ルイスはハンチェットさんの家の前の生け垣がぼうぼうに伸びたのを見て驚いた。シモツケの生け垣で、今までは毎年、小さなピンクと白の花をびっしりつけていた。ところが今年はひとつも花が咲いていない。やがて黒いトゲだらけのやぶになって二階の窓をおおいかくし、くるくるとまいた長いつるを伸ばして、亜鉛の雨どいをすっかり飲みこんでしまった。家の前に一晩でバードックとニワウルシの木がにょきにょきと生え、その枝で二階の窓も見えなくなった。

ルイスはいまだに、新しいお向かいさんを数えるほどしか見たことがなかった。一度、玄関で縮こまった黒い人影がかぎをガチャガチャいわせているのを遠くからちらりと見たことがあった。窓辺の椅子から、オマー夫人が二階をいったりきたりするのも見た。けれどもそれ以外、オマー夫人は姿を見せなかった。ルイスが想像していたとおりだった。

けれども、たまに人が訪ねてくることがあった。訪ねてくるのはひとりだけ。ハンマーハンドルだ。ルイスは、夜遅くオマー夫人の家の裏口からハンマーハンドルが出てくるのを見たことがあったし、夕方映画に出かけようとして、ばったりハンマーハンドルに出くわしたことも二度あった。ハンマーハンドルはみすぼらしいコートのボタンを首まではめて、背中をまるめ、ハイ・ストリートをハンチェットさんの家の方向へ歩いていた。二度とも、茶色の紙とひもでぐるぐるまきにされた奇妙な小さい包みを抱えていて、二度とも、二人はぶつかった。ハンマーハンドルがうしろを見ながら歩いてきたせいだった。

二度目にぶつかったとき、ハンマーハンドルは前と同じようにルイスの襟首をひっつかんだ。そしてひげの生えた顔をルイスの耳に押し当てるようにして、うなった。「このくそ生意気ながきめ！　てめえののどをかき切られたいのか？」

ルイスはハンマーハンドルの手をふりほどいたが、逃げなかった。そして、ハンマーハンドルを威圧するようににらみつけた。

「ここから出ていけ、チンピラのやくざめ。ぼくに手を出そうとしたら、おじさんが黙っちゃいないぞ」

ハンマーハンドルは笑った。まるで今にも窒息しそうな声だった。「おじさんか！」ハンマーハンドルはそう言って、ばかにしたように鼻をならした。「やつは自分で思ってるより早くくたばることになるだろうよ！　世界の終わりが近づいている。いい子ちゃんらしく聖書を読んでねえのか？　もうしるしは現れはじめてる。これからは、もっとたくさん見られるだろう。覚悟しとけ！」そう言って、ハンマーハンドルはしっかりと包みを抱えたまま、よろよろと丘を登っていった。

その奇妙な対決の次の日は、寒くて雨がふっていた。ルイスは家にいた。ジョナサンはツィマーマン夫人の家にプルーン・ブランデーの瓶詰めを手伝いにいっていて、ルイスはひとりだった。そこで、三階の奥の部屋を探険してみようと思いたった。三階の部屋はほとんど使っていなかったから、ジョナサンは倹約のために暖房をとめていた。けれども、ルイスはいくつか面白いものを発見した。チェスの駒がいっぱい入った箱や、陶器製のドアノブ、なかにもぐりこめる戸棚などだった。

ルイスは隙間風の入りこむ廊下をぶらぶら歩きながら、ドアをひとつずつ開けては閉めていった。今日は、どの部屋も探検する価値のあるようには見えなかった。いや、待てよ。

そうだ！　ハルモニウムのある部屋があったっけ。ルイスはハルモニウムをひくことができた。あれなら楽しいだろう。

使われていない客間のひとつに、ほこりだらけの古いハルモニウムがあった。これは、アイザック・アイザードが住んでいたときから残っている数少ない家具のひとつだった。もちろん、下の階にもハルモニウムがあって、とてもいいものだった。でも、自動的に音楽を奏でるものだったから、ルイスがひきたいものをひかせてくれないことがあった。三階のハルモニウムは音がゼイゼイ苦しそうだったし、冬はささやくような音しかでなかった。でもペダルを強く踏めば、たまにいい音を出した。

ルイスはドアを開けた。

壁際にハルモニウムの大きな黒い影が見えた。ルイスはスイッチを探して、明かりをつけ、椅子のほこりを払ってすわった。なにをひこう？　《チョップスティック》かな。《ウィグワム》でもいい。ルイスのひける曲はそんなになかった。ルイスがすりへったペダルを踏んで空気を送ると、楽器の奥底からシュッシュッと音がした。けれども鍵盤をたたいても、病人がゼイゼイあえぐような音しか出なかった。あーあ、ついてないな。

ルイスは寄りかかって考えた。鍵盤の上に、黒いオルガンストップが並んでいた。それぞれヴォックス・フマナ（人の声に似ている音がする）、笛、フルートなどと書いたラベルが貼ってある。こうしたストップは、オルガンの音色を様々に変えるのに使うことは知っていたけれど、今までひっぱってみたことはなかった。よし、やってみよう。ルイスは黒い管を一本つかむとそっとひっぱった。が、ピクリとも動かない。ルイスはストップを軽くガタガタと動かすと、さっきよりも強くひっぱった。ストップはすっぽり抜けてしまった。

ルイスはすわったまま、ぼうぜんと手のなかの木のかけらを見つめた。最初はオルガンを壊したのでうしろめたかったけれど、それから改めてしげしげとストップを眺めた。オルガンにささっていたほうは先がまるくすべすべしていて、黒く塗られている。なにかとつながっていたようには見えなかった。

ずいぶん安っぽい作りだな、とルイスは思った。ほかのもみんなこんななのかな。ルイスは別のをひっぱってみた。スポン！　ルイスは片っぱしからひっぱった。スポン！　スポン！　スポン！　スポン！　スポン！　スポン！

ルイスは笑った。そして黒いストップを鍵盤の上でコロコロと左右に転がした。が、それからはたと手をとめて考えた。前に偽のダッシュボードのついた車の話を読んだことがあった。取りはずせるようになっていて、そのうしろにものが隠せるようになっているのだ。もしかしてこのオルガンも……

ルイスは立ちあがって、下にいった。そのまま地下室までどんどん下りていく。ジョナサンはここに大工道具をしまっていた。ルイスは道具箱を開けて、ねじ回しとかなづちとジョナサンがものをこじ開けるために入れておいたさびたバターナイフを取りだした。それからできるだけいそいで、上の階へもどった。

もう一度、ルイスはオルガンの前にこしかけた。そして長い木の板を念入りに調べた。ぽっかりと開いた七つのまるい穴がじっとルイスを見返した。板はオルガンの本体に四つのねじでとめてあり、どれも簡単にはずれた。ルイスはふたつの穴に指を一本ずつ突っこみ、ぐいとひっぱった。板はびくともしない。ルイスはちょっと考えてから、バターナイフを手にとると、隙間にすべりこませた。キィ！　ほこりが舞いあがり、鼻がむずがゆくなった。ルイスはナイフを右へすこしずらして、もう一度ひっぱった。板がバタンと鍵盤の上に落ちた。さあ、これでほんとうのことがわかるのだ。

ルイスはかがんで、穴に顔を近づけた。ほこり臭いが、なにひとつ見えない。しまった、懐中電灯を持ってくるのを忘れてた！　ルイスはなかに手を入れて探ってみた。腕がするするとわきの下まで入った。ルイスはさらに探った。なんだこれ？　紙？　かわいたパリパリという音がする。きっとお金だ。ルイスはひと束つかんでひっぱりだした。そしてがっかりした。ただの古い紙の束だった。

ルイスはすわったまま、紙束をにらみつけた。これがアイザードの城に隠された秘宝ってわけか！　たいしたお宝だな！　まあ、もしかしたらなにかなにか面白いことが書いてあるかもしれない。秘薬の作りかたとか。ルイスはパラパラと紙をめくってみた。フーン……ルイスはさらにパラパラとめくった。部屋の明かりはとても弱かったし、古い紙はアイザック・アイザードが使った銅色のインクとほとんど同じ色に変わっていた。書いたのはアイザック・アイザードにちがいない。一枚目にこう書いてあったからだ。

雲の形と
様々な現象について

この窓より
アイザック・アイザードが観察す

ツィマーマン夫人が、アイザックが空を見ながらなにやら書きつけているのを見たって言ってなかったっけ？　紙には日付がふってあり、そのあとに記入事項が続いていた。いくつか記入事項を読んでいくうちに、ルイスの目は大きく見開かれた。さらにページをめくる。

パラパラと雨が窓を打ちはじめた。ルイスは飛びあがった。外を見ると、西のほうに青い雲が層になってあつくたれこめている。と、雲を貫くように、赤い稲妻が走った。まるで飢えた口のようだ。ルイスが見ていると、口が大きく開いて、血のように赤い光線が部屋にさしこみ、ルイスが押さえているページを照らしだした。そのページには、走り書きでこう書いてあった。

世の終わりの日はまだきていない！　透視法にて引き寄せるか、そうでなければ時計を作り、一瞬の内に世界を炎で包んでやろうか。

ルイスはひどくこわくなって、紙をひとつにまとめ、立とうとした。と、そのとき音がした。ごくかすかな音だ。オルガンの奥でなにかがパタパタ飛びまわっているような……

ルイスはあとずさりしたひょうしに、ベンチを倒してしまった。手から紙がすべりおち、床の上に散らばった。どうすればいい？　逃げるか、紙を拾うか？　ルイスは歯を食いしばると、ひざをついた。紙を集めながら、ルイスはくりかえし祈りつづけた。「おお、主はわが力なり……おお、主はわが力なり……」

ぜんぶ紙は拾った。ルイスがドアめがけて一目散に走ろうとしたとき、まっくらなオルガンのなかからなにかがふわりと飛び出してきた。ガだった。銀灰色の羽のガだ。月明かりをあびた葉っぱのようにきらめいている。

ルイスはドアにかけよった。ノブをガチャガチャいわせたが、開かない。ガが髪に入りこんだ。体がこわばる。ルイスの顔がまっかになった。もうこわくなかった。怒っていたのだ。激しい怒りだった。

ルイスはピシャッとガをたたきつぶした。ねばねばした液体が髪にべっとりとついた。そのとたん、さっきまでの恐怖がもどってきた。ルイスはどうかなったみたいにズボンで手をふくと、廊下へ走り出てさけんだ。「ジョナサンおじさん！　ツィマーマン夫人！　早くきて！　早くきてよ！　すごいものを見つけたんだ、ジョナサンおじさん！」

それからしばらくして、ジョナサンとルイスとツィマーマン夫人は、ツィマーマン夫人の台所のテーブルを囲んでココアを飲んでいた。テーブルの上には、さっきのほこりをかぶった紙が重ねてある。ジョナサンがマグをおいて言った。「ちがう、ルイス。さっきも言ったろう。なにも心配することはないんだ。アイザックのやつは狂ってたんだ。完全にな。これは、壁のなかのカチカチいう音とはまったく関係がない。仮に関係あるとしても、なんの助けにもならない。ますますこわがるのが関の山さ」

「わたしも、アイザックがこんな紙を残しておいたのはそのためだと思いますよ、ねえ、ジョナサン？　わたしたちを死ぬほどこわがらせるためですよ」

こう言ったのは、ツィマーマン夫人だった。ツィマーマン夫人はルイスに背を向けてコンロの前に立ち、くるくると派手にココアをかきまわしていた。

「そう、わたしが言いたかったのはそれだよ、フローレンス」ジョナサンはうなずきながら言った。

「ちょっとしたお別れのしるしとか、そういうたぐいのものさ」

ルイスは二人の顔を見比べた。二人がなにか隠しているのはわかっていた。でも、なにを話せばいい？　ひとつ話せば、ほかのことも話さなければならなくなる。結局はハロウィーンの夜のことを話すはめになるだろう。なにかを隠しているときは、すべてが自分の秘密につながっているように感じてしまう。ルイスは秘密がばれてしまうのがこわくて、なにも話すことができなかった。

その日の夜遅く、ルイスはベッドのなかで目を覚ましたまま、ジョナサンとツィマーマン夫人の話し声に耳をすませていた。二人は下の書斎にいて、いつもどおり暖房の通風口をあがって話し声が聞こえてきた。でも、なにを話しているのかまではわからないのも、いつもと同じだ。ルイスはベッドから抜けだすと、床にはめてある木の格子のほうへそろそろと近づいた。暖かい空気がもわっと顔にかかる。ルイスは耳をすました。それでもまだ、はっきりとは聞こえない。方法はひとつしかない。隠し通路だ。

ルイスはバスローブをはおると、足音をしのばせて裏階段を下りていった。台所はまっくらだった。よし。ゆっくりと慎重に、ルイスは食器だなから食器をぜんぶ取りだした。それから隠しバネをピンとはずすと、戸棚がぱっと外側に開いた。ルイスはそっとなかへ入っていった。

今回は懐中電灯を持ってくるのを忘れなかった。でも、あまり必要なかった。そんなに奥までいかなくてすんだうえに、あちこちにあいた隙間から入る光が、クモの巣だらけの抜け道を照らしていたからだ。すぐにルイスはジョナサンの書斎の壁に並んだ本棚のうしろまできた。壁板にあいた割れ目からのぞくと、本のあいだからジョナサンとツィマーマン夫人が見えた。ツィマーマン夫人はなにもないところから、さっとマッチを出したところだった。ツィマーマン夫人はそのマッチで長いひねりタバコに火をつけ、口の両はしからすうーと煙を出した。

「さて、これでわかったわね」ツィマーマン夫人は言った。

「ああ、これでわかった」ジョナサンの声は革の肘かけ椅子のほうから聞こえた。ジョナサンは椅子にふかぶかと身を沈めていて、ルイスに見えるのは、青いシャツの腕と肘かけをつかんでいる毛の生えた手の甲だけだった。

「問題はだな」ジョナサンは続けた。「われわれになにかできることはあるかってことだ」

ツィマーマン夫人は部屋をうろうろといったりきたりしはじめた。タバコの煙がすぅーっとうしろにたなびいた。ツィマーマン夫人は大きな紫の石の入った指輪を本棚のはしからはしまですべらせた。「あるかですって？　あるかですって?!　闘うんですよ。ほかにどうするって言うんです？」

ジョナサンはかすれた声で笑った。それを聞いて、ルイスはひどく落ちつかない気持ちになった。

「言うだけなら簡単さ、フローレンス。やつらは二人とも、われわれより強いんだぞ。こっちはちょっと魔法をいじくってる程度だ。やつらは全人生を魔法にささげたんだ。とくにあのばあさんは、文字どおり命までささげたんだから」

「でもどうしてあの人たちはあんなことをやりたいんでしょう？」ツィマーマン夫人は腕をくんで、怒ったようにタバコをふかした。「どうして？　こんなに美しい世界なのに。

終わらせるなんて。どうしてなの？」

ジョナサンは一瞬考えこんだ。「さあな、フローレンス。わたしには、アイザック・アイザードみたいなやつの頭の構造はわからんよ。だがな、たぶんそれは科学的好奇心だと思う。最後の日について書かれていることを思いだしてごらん。墓は開かれ、死人はよみがえり、新しく生まれ変わる。まったく新しい地球が、今のよりもっとすばらしい世界が現れると思ってる者もいる。おまえさんは見たくはないかね？　それに、もうひとつ思ったんだが、アイザック・アイザードとセレーナ・アイザードにとって、この世界はあまり楽しいものではなかったんだろう。そうだとして、次の世界を試してみたいと思っても不思議はないんじゃないか？」

ジョナサンは水ギセルをふうとふかした。しばらく沈黙が流れた。

「それにあの時計」ツィマーマン夫人が口を開いた。「あなたの勝ちを認めなきゃ。あなたの言ったとおりでしたよ。壁のなかにあるのは、正真正銘本物の時計ですよ。アイザードは仕掛けと呼んでますけど、時計にちがいありません。あの男は、もちろんどこにあるのかまで教えてくれるほど親切じゃありませんけどね。でも、そのほかのことはほとんどぜんぶ言っているように思えますよ。かぎの隠し場所までほのめかしてるんですから。今となっては、関係ありませんけどね」ツィマーマン夫人はタバコをふたつに折ると、暖炉にほうりこんだ。

「でも、知りたいことがひとつだけあるのよ」ツィマーマン夫人はふいにジョナサンのほうをふりむいて言った。「どうしてあの男は世界の終わりをもたらすのに時計を使ったんでしょうね？」

ルイスは思わずあっ、と言いそうになって、手を口にあてた。やっぱり、世界の終わりがくるんだ！

「それはやつが時間を失ったからさ。調べていた何年もの時間をな。アイザックの探求はたいしたものだった。やつがサバ雲やら、最後の審判の空やら、戦車やトランペットや運命の仮面のかたちの雲のことやらを狂ったように書き記していたのもそのせいだ。それこそやつが追い求めていたものだったのさ。運命の仮面。やつの魔術にぴったりの空。空の魔法は古い魔法だってことはおまえさんも知っとるだろう。むかしローマ人も……」

「はいはい！」ツィマーマン夫人が我慢しきれなくなって口をはさんだ。「わたしだって、空や鳥の占いのことくらい知ってますよ。だれが魔術博士になったと思ってるんです？　わかりました。それで、あの陰気なじいさんが待ちのぞんでた空が現れたってことね。なるほど。いいじゃありませんか。では、どうしてあの男はただひょいと杖をふって、わたしたちをみんなウシバエかなにかに変えてしまわなかったんです？」

「やつがほんとうにこれがその空だったとわかったときには、とっくに空が変わっちまってたからさ。雲っていうもんはすぐに動いて、形を変えちまう。じゃなかったら、それだけのことをする決心がつかなかったんだろう。愚かかもしれんが、それこそやつをひきとめたものだとわたしは思いたいんだ」

「あの男が？　決心がつかなかった？　あのアイザック・アイザードが？　あの男には心のかけらもありませんよ、ジョナサン。もし悪魔の魔法に必要だって言うんなら、自分の母親の歯だって一本一本抜くような男ですよ」

ジョナサンはため息をついた。「きっとおまえさんの言うとおりだろう。わたしにはわからん。大事なのは、やつが機会を逃したってことだ。そのせいでやつは時計を作らなきゃならなかった。時間をもどすためだ。すべてが完璧でぴったりのところにあった、まさにその時間にね。やつが〝時間をあがなうための仕掛け〟と言ったのは、このことだろう。あがなう、か！　やつはわれわれを皆殺しにするつもりだったんだ！」

　ツィマーマン夫人はまた歩きまわりはじめた。「なるほど。わかりましたよ。それで時計を作ったってわけね。じゃあどうして時計を巻いとかなかったんです？」

「できなかったのさ。すくなくともぜんぶはね。あそこの部分を読まなかったのかね？」

　ジョナサンは立ちあがって、紙がおいてある書き物机のところへ歩いていった。そして紙を手に取ると、パラパラとめくってその部分を探した。

「ああ、ここだ。〝だが、仕掛けが完全に出来上がったとき、自分にはそれをぜんぶ巻く力がないことに気づいた。やってみるだけやってみたが、最終的な調節はわたしより大きな力を持った者にしかできないと認めざるを得なかった。彼女が先だった日！　彼女さえ死ななければ！　彼女ならできただろうに！〟」

　ジョナサンは顔をあげた。「この最後の文章の〝彼女〟の横には、四本も線がひいてある。彼女っていうのは、もちろん、わがお向かいさんさ」

　ルイスは目を閉じた。つまり、やっぱりオマー夫人はアイザードの妻だったんだ！　もちろん、ルイスは想像はしていた。けれども、確信していたわけではなかった。アイザード の妻！ そして、彼女をあそこから出したのはぼくなんだ。自分が世界一まぬけでおろかな人間に思えた。

「ええ、そうね」ツィマーマン夫人は皮肉な笑いを浮かべて言った。「まあ、最後にはだれが一番強かったかわかるでしょうよ。でも、あともうひとつ教えてくださいな、賢人さん。アイザック・アイザードの遺言の解釈者であり注釈者の役割をになってらっしゃるようですから」

「なんだい？ なにが知りたいんだ、フローレンス？」

「ええ、あの男は時計はぜんぶ巻かれていないって言っているわけでしょう？ でも、じっさいはもう何年もカチカチカチカチいっているわ。まるで家じゅうの壁のうしろから、あの魔法のカチカチって音が聞こえてくるみたいじゃありませんか。わたしには、時計がただアイザードおばさんがかぎを持ってくるまでのんびりすごしてたとはとても信じられませんよ。いったいあの時計はなにをしてるんです？」

ジョナサンは肩をすくめた。「見当もつかんね、フローレンス。もしかしたら、〝最終調節〟なしでも、この家を過去に引きもどそうとしているのかもしれん。きっと、この家にきて住みつこうなんてばか者をこわがらせて追っぱらうために、時計をおいてったんだろう。要は、自分の時計が偶然見つかって壊されないようにしたかったのさ。どうして時計がカチカチいっとるのかなんてわからんよ、フローレンス。だが、これだけはわかっとる。アイザード夫人だかだれだか、ともかくあそこにいる人物が時計にかぎをさしこんで、アイザックがはじめたことを完成させたら、そのときアイザック・アイザードはもどってくる。おまえさんとわたしとルイスは幽霊になるか、もっとひどいことになるだろうよ。やつは力を手にして、あの小塔に立つ。そして世界の終わりがやってくるんだ」

ルイスは両手でぐっと口を押さえた。そしてガタガタふるえてすすり泣きながら、よろよろとひざをついた。今にもさけびだしそうだった。「ぼくはここにいる！　つかまえにきて！」ジョナサンたちはここにきてルイスをひっぱりだし、一生少年拘置所に閉じ込めるだろう。でもルイスはさけばなかった。口にあてた手にますます力を入れ、声を押し殺して全身をふるわせて泣いた。ルイスはしばらくそうして泣きつづけていた。やがて泣きつかれると、ルイスはすわったままぼんやりと通路の暗い壁を見つめた。

ツィマーマン夫人とジョナサンは出ていった。暖炉の火はだんだん小さくなっていったけれど、ルイスはそれでもまだすわっていた。アンモニアの味が口にあふれ、目がヒリヒリする。ルイスはバスローブのポケットからハンカチを出して、鼻をかんだ。懐中電灯はどこだっけ？　ああ、ここだ。ルイスはスイッチを入れた。

のろのろと立ちあがると、慎重に入口のほうへもどりはじめた。まっすぐ立って歩いているのに、こそこそ歩いているような気がする。食器だなの裏のざらざらしたところに手を走らせ、パチンとバネをはずすと、戸棚は音もたてずにすーっと外側に開いた。ルイスはツィマーマン夫人とジョナサンが腕ぐみをして、自分を待ちかまえているのを半分期待していた。でも、台所はまっくらでだれもいなかった。

ルイスは自分の部屋へあがっていった。まるで三晩連続で徹夜したような気分だった。バスローブを脱ぎもせずに、そのままクシャクシャのベッドに身を投げだした。闇が脳を満たし、ルイスは夢のない眠りへと落ちていった。

第9章　魔法の杖

次の日は土曜日だった。ルイスは恐怖にかられて目を覚ました。まるでふたをぴっちり閉められたうえ、蒸気のふきだし口にチューインガムをつめられた圧力鍋みたいな気分だ。絶えず色々な考えがふつふつと沸きあがってくるのに、ひとつとして意味のあるものはない。これからどうすればいいんだ？　ぼくになにができるだろう？

ルイスは体を起こして、部屋を見まわした。ふたつの高い窓からさしこむ日光が、あちこちにペンキのしみのあるささくれだった床を照らしていた。暖炉の上に背の高い鏡がかかっていて、てっぺんにルイスのベッドと同じ、胸壁のような凸凹の飾りがついている。鏡の前には、すばらしいカギ針の刺繍のじゅうたんが敷いてあった。ジョナサンいわく、ツイマーマン夫人のひいおばあさんが作ったということだった。じゅうたんの模様は〝秋の葉〟と呼ばれていた。燃えるような金色や、血を思わせる深い赤の扇形をした葉のあいだに、緑色の葉をところどころ散らし、美しいコントラストを作りだしている。じゅうたんはまるで鏡の前にふわりと浮いているように見え、葉が明るい陽だまりのなかを泳いでいるようだった。もちろん錯覚だ。このじゅうたんは魔法のじゅうたんではない。けれどもルイスは毎朝、このじゅうたんの上で着がえるのが好きだった。ほんの一瞬だとしても、重力から自由になれるような気がするのだ。

　ルイスはじゅうたんの上に立ち、ズボンをひっぱりあげてシャツをたくしこんだ。ゆらゆらとゆらめく葉が、ルイスをふわっと持ちあげた。すべてがはっきりしてきた。タービーをつかまえなければならない。タービーならどうすればいいかわかるだろう。たしかにタービーはルイスのことを避けている。けど、別に敵同士ってわけじゃないんだ。それにどっちにしたって、タービーもルイスと同じくらい深く、このことに関わっている。ルイスが魔法の五線星形にチョークでセレーナの名前を書きこんだとき、タービーが懐中電灯を持っていたんだから。セレーナっていうのは、アイザードの妻の名前にちがいない。きっと彼女がぼくの頭のなかに、その名前を送りこんだんだ。つまり、あの鉄の扉のうしろで、ずっと生きていたんだ……

ルイスはくちびるをぎゅっと噛んで、これ以上考えるのをやめた。そして下にいって、ひとりで朝ごはんを食べると、いそいで外へ飛びだした。タービーは九人の兄弟たちと、町を半分ほどいったところにあるとてつもなく大きな木造の家に住んでいた。ルイスは一度もいったことはなかったし、タービーのおかあさんとおとうさんの名前はおろか、九人の兄弟たちの名前だって知らない。コリガンさんが――コリガンというのがタービーの名字だった――金物屋をやっているというのは知っていたけれど、それがルイスの知っているすべてだった。

四月の晴れた風の強い日だった。空には小さな白雲がいっぱい浮かんでいて、たがいに別れてはくっついてをくりかえしていた。小鳥たちが飛びまわり、たっぷり水気をふくんだ芝生の新芽が青々と広がっている。コリガンさんの家につくと、小さな子どもたちが家の前の庭で遊んでいた。庭はあちこち掘りかえされ、泥の穴だらけだ。一人、タービーにそっくりな子が、枯木の枝にひざをひっかけてぶらさがっている。木には、いたるところに赤いテールランプの反射板がくぎで打ちつけてあった。ほかの子たちは泥の城を作ったり、砂場のシャベルで頭をたたきあったり、壊れた三輪車にのろうとしたり、ただすわって声をかぎりにさけんだりしている。ルイスはオモチャのトラックやタイヤをよけながら玄関に続く小道を歩いていくと、ベルを鳴らして待った。

しばらくすると、疲れた様子の太った女の人がドアを開けた。赤ん坊を腕に抱いていて、赤ん坊はほにゅうビンの乳首のところをつかんで、ゴツンゴツンと母親の肩をたたいていた。「どなた？」女の人はひどく無愛想だった。そりゃそうだろう。

「あの……コリガンのおばさんですか？　タービーがどこにいるのか教えていただけませんか？」

「タービー？　さあね。家にいるかしら」

コリガン夫人はさっとふりむくと、大声でさけんだ。「タ――ビィイイイイ！」返事はなかった。この騒ぎのなかで聞こえたかどうかは怪しいけど。

「いないみたいね」コリガン夫人は言って、疲れた優しい笑みを浮かべた。「きっとほかの子たちと野球をしてるんだと思うわ」

ルイスはお礼を言って、いこうとした。すると、コリガン夫人がひきとめた。「ちょっと待って！　あなた、バーナヴェルトさんのところの子？」

ルイスは、そうですと答えた。

コリガン夫人の目に、訴えるような表情が浮かんだ。「お願いだからタービーにこれ以上幽霊や墓場の話はしないでちょうだい。このあいだのハロウィーンのあと、あの子は一週間もうなされたのよ。あなたのおじさんがリンゴジュースとドーナツのパーティに呼んでくれたり、泊めてくださったりしたのはとてもご親切だと思うけど、ああいう話は……あの子が感じやすい子だっていうのはわかってるでしょう」

ルイスは笑いをこらえるのに苦労した。「ええ……はい、わかりました、おばさん。これ以上、幽霊の話はしません。じゃあ、さようなら」

ルイスはオモチャにつまずいたり、飛んできた泥の玉をひょいひょいとよけたりしながら、門のほうへもどっていった。ルイスは、大声で笑いだしたいのを必死でこらえていた。じゃあ、タービーはそんなふうにあのハロウィーンの晩を過ごしたってわけか！　なるほどね。タービーはどこで夜を明かしたんだろう？　裏のポーチでふるえながら過ごしたのかな？　木の上で寝たとか？　おまけにまるまる一週間うなされたって！　もちろん、タービーはこわがってなんかいなかったさ。ただの月明かりだもんな！　心のなかの笑いが、皮肉たっぷりのほほえみになるのに時間はかからなかった。

ルイスはむかし馬をつないでいた石の台で立ちどまると、靴のひもを結んだ。さあ、これからどうする？　ニュー・ゼベダイには、野球のグラウンドはふたつしかない。学校の裏にあるのと、運動場にあるやつだ。ルイスは学校裏のほうにいってみることにした。

グラウンドにいくと、タービーが大勢の子どもたちと野球をしていた。タービーはピッチャーで、ほかの子どもたちは口々にどなっていた。「タアービィィ！　三振をとれ！」

「いつものナックルボールを食らわせてやれ！」　たまたま相手チームになった子は、

「やーい！　ピッチャーのへなへな球！」とかなんとかさけんでいる。

タービーは、風車みたいにぐるんと腕をまわして、大きくふりかぶった。何回かためらったけど、これは野球じゃなくてソフトボールだったから、ボークはとられなかった。

そしてバッターがぎこちなく何回かハーフスイングするのを見てから、ホームベースめがけてボールをビュンと投げた。バッターは大きくバットをふって、勢いあまって倒れた。

「ストライク・スリー！　アウト！」アンパイヤの男の子がさけんだ。

ルイスはサイドラインに立って、手をまるめて口にあてるとさけんだ。「おーい、タービー！　ちょっと話があるんだけど」

「あとにしろ、デブ。試合の最中なんだから」

ルイスの目にじわっと涙が浮かんできた。タービーは今までルイスを〝デブ〟と呼んだことはなかった。すくなくとも、そんな覚えはない。ルイスは涙をこらえ、辛抱強く待った。タービーが豪速球で次のバッターを三球で打ちとると、スリー・アウトになり、タービーのチームがグラウンドからもどってきた。タービーはぽんとグローヴを地面に投げ捨てると、「やあ、ルイス。なんの用だい？」と言った。

「ジョナサンおじさんがおそろしいことに巻きこまれてるんだ。ぼくたちみんな、大変なことになってるんだよ。あの墓地へいった晩のことなんだけどね」

ルイスは仰天した。タービーはルイスの襟首をひっつかむと、ぐっとひっぱったのだ。二人の顔は五センチくらいしか離れていなかった。

「いいか。もしあの夜、あそこにいっていたことがばれたら、おまえはひとりでいっていたと言え。そうしなかったら、腕が二本へしおられることになるからな。頭の骨だってどうなるかわからないぞ」

　ルイスはタービーの手をふりほどこうとしたけれど、できなかった。ルイスは頭に血がのぼってくるのを感じた。「タービー！　こんなのハロウィーンのことよりひどいぞ！幽霊とか魔女とか悪魔とか……ぼくから手をはなせ、このロウソク頭！」

　タービーは手をはなした。タービーは、あんぐりと口を開けてじっとルイスを見た。〝ロウソク頭〟というのは、ルイスが今読んでいるマンガのなかでだれかがだれかをそう呼んでいるだけで、なんの意味もなかった。

　タービーはくちびるをきっと結んだ。「今なんておれを呼んだ？」

　ほかの子たちがさけびだした。「けんかだ！　けんかだ！」でもほんとうは、たいして期待していなかった。結局、相手はただのルイスなのだ。

　ルイスはまっかな顔で立ちつくしていた。こわかった。

「なんて呼んだか……わすれちゃった」

「じゃあ、次からは覚えとけよ」タービーはげんこつをふりかざすと、ルイスの肩にゴツンとおろした。ほんとうに痛かった。

「いこうぜ、タービー」カール・ホラバーという背の高い子が言った。「そんなデブほっとけよ。次の回はおまえからだ。六点差で負けてんだ。一発たのむぜ」

タービーは試合にもどり、ルイスは肩をさすりながらよろよろと通りへ向かった。ルイスは泣いていた。

あふれでる涙を抑えきれないまま、ルイスは歩きはじめた。ルイスは町じゅうを歩きまわった。立ちならんだ家はぼんやりとこちらを見おろしているだけで、なんの助言もくれなかった。町の中心街をぬけ、しばらくじっと南北戦争の記念碑を眺めていたが、銃剣や大砲のすすはらいを掲げた石の兵士たちもやっぱり、なにも言うことはないようだった。今度は中心街の反対側にある噴水まで歩いていった。そして、大理石の円柱に囲まれた、噴水のかわりにおかれたクリスタルのヤナギの木をじっと見つめた。夜は、ライトアップされて、赤からオレンジへ、オレンジから黄色へ、黄色から青へ、青から緑へ、そしてまた赤へと次々に色を変える。でも、今は透明だった。ぼくの頭のなかも透明だったらいいのにと思ったけれど、そうはいかなかった。

噴水のまわりをぐるぐると三、四周すると、道を渡って、大通りを引きついで町の外へ伸びている九号線道路を歩きだした。〈境界線〉と書かれたブリキの標識が立っている広場までくると、道をはずれて背の高い草のなかへ入っていった。そして、しばらくそこでアリがはいまわるのを眺めたり、車がひゅんひゅん通りすぎる音に耳をかたむけていた。いつのまにか涙は乾いていた。もう泣きつかれていた。ふっと、ぼくは最近泣いてばかりだなと思った。泣いたってなにも解決しない。考えればなんとかなるかもしれない。でも、自信はなかった。ルイスはすわったまま考えをめぐらして、これからどうするのか決めようとした。

ようやく立ちあがったのは、午後もだいぶ遅くなってからだった。左足がすっかりしびれていて、あやうく転びかけた。ルイスはしばらく雑草を踏みつけながらうろうろして血がまためぐりはじめるのを待ってから、家に向かって歩きだした。覚悟はできていた。頭のなかで、むかしの教会の賛美歌が鳴りひびいていた。

人にも国にも
一度は決断の時がくる
真実と偽りの争いのなかで

善につくか悪につくか

自分が騎兵隊の突撃を指揮しているところを思い浮かべる。ジョナサンの杖が一本あれば、剣のように振りまわしてやるのに。何度か立ちどまって、体じゅうにゾワーッと鳥肌が立つのを感じた。ほこらしさと勇気に満ちみち、同時にひどくおそれてもいた。なんとも形容しがたい気分だった。

その夜、みんなが寝静まるのを待って、ルイスはそっとベッドから抜けだした。そして、正面の階段を足音をしのばせて下りていった。家はしんと静まりかえっていた。その夜は、ジョナサンが時計をぜんぶ——とめることのできないたったひとつの時計をのぞいて——とめたのだ。玄関では、コートかけの鏡が静電気をパチパチさせながら独り言を言っていた。ときおり、鏡のふちがちかちかとかすかに光った。もしかしたら、ルイスに危険を知らせようとしているのかもしれない。そうだとしても、ルイスは警告を無視した。もう心は決まっている。このおそろしい出来事が始まったのはぼくのせいなんだから、ぼくが終わらせるしかないんだ。

ヤナギ模様の傘立てのひんやりとしたふちに手をかけた。手探りで杖をガラガラとひっかきまわす。あ、これだ。ルイスは黒い木でできた魔法の杖をつかんだ——え!? 思わずヒッと息をとめて、手を引っこめる。まるで生きている人間の腕にさわったみたいだった。命の鼓動が内部を駆けめぐっていた。ルイスは立ったままじっと杖を見つめた。先についたガラス玉がぼうっと光りはじめた。灰色の光のなかで雪が渦を巻き、影のような、しかし本物の奇妙な小さい城が見えた。魔法の光はちらちらと瞬き、壁紙に青白い光が躍った。こんな力を持ったものが、自分に使えるだろうか? ジョナサンおじは自分のことを手品師に毛が生えたようなもんだと言ってたけど、かなりひかえめに言ってたんだ、とルイスは思った。

覚悟を決めて、さっきの衝撃でまだピリピリしている手を伸ばした。そしてがっしとガラス玉をつかみ、つぼからひっぱりだした。玉はシュウシュウパチパチ音をたて、灰色からバラのようなピンク色に変わり、そしてまた灰色にもどった。ルイスは玄関のドアを開けた。しめったさわやかな香りの風が吹きこみ、ドアがトンと壁にぶつかった。クリの木の葉がさあーっと吹きよせられ、白い花がひらひらと舞いおちてきた。ルイスは通りのむこう側を見た。生け垣は生い茂っていたけれど、ハンチェットさんの家に明かりがついているのがわかった。口のなかでお祈りをつぶやきながら、ルイスはポーチの階段を下りはじめた。

通りのまんなかで、ルイスは思わずうしろを向いて逃げだしそうになった。が、なにかがルイスを押しとどめた。道を渡ってしまうと、その先は楽になった。追い風を受けながら坂道をかけおりるような感じだ。生け垣がふたつにわれたところから、レンガの小道が玄関のポーチまで続いている。ルイスは張りだした枝の下をくぐった。すると階段があった。

ハンチェットさんの家の玄関は、むかし風の黒い木の両開きドアで、すりガラスの窓がふたつついていた。すりガラスの窓は、ルイスにいつも十戒を思いださせた。なんじ、入るなかれ。でも、片方のドアが少し開いている。ぼくを待っていた？　ルイスは心臓をどきどきさせながら、階段をあがりはじめた。

ルイスはドアを入ったところで立ちどまった。頭の上にランプがさがっている。廊下はがらんとしている。からっぽで、なにもない。椅子も棚も机も、家具はひとつもおいていない。壁にたてかけた傘さえない。色あせたバラ色の壁紙の上に、四角く濃いバラ色になったところがある。壁紙が新しかったときは、その色だったのだろう。そこにハンチェットさんたちがかけていた絵は、今はなくなっていた。オマー夫人は自分の絵をかけなかったようだ。

ルイスは、居間へ向かって大きく開いたアーチのほうへそろそろと歩いていった。そこにも、だれもいなかった。家具は少しあったが、たくさんではない。いかにも壊れやすそうな弓形の脚の椅子が数脚と、すわり心地の悪そうなソファー。低いティーテーブルの上に、切手くらいの大きさの陶器の灰皿が二枚おいてある。ジョナサンがパイプのたいらな底でひとたたきすれば、粉々に砕けてしまいそうだ。ルイスは椅子のあいだを歩きまわって、ピカピカに磨かれた肘かけにさわったり、すべすべした革張りの背もたれをさすったりした。さわったとたん、泡みたいにぽんとはじけて消えてしまうのを半分期待してもいた。でも、すべて本物だった。床はすみからすみまできれいに磨かれて、自分の姿が映っているのが見えそうだ。むこうの壁に、レンガの暖炉があった。上から下まで真ピンクで、なかの壁まで同じ色に塗られている。すすひとつついていない。どうやら魔女は火が嫌いらしい。きらきら光る真ちゅうの台の上に、樺の薪が二本、落ちないようにうまくのせてあった。

　マントルピースの上にのっているものを見て、ルイスは驚いた。オーナメントだった。ブリキの切りぬきの天使がくるくるまわるようになっている、よくあるオモチャだ。まんなかにあるロウソクに火をつけると、熱気で天使がまわりだす。天使たちはトランペットを吹いていた。ルイスは手を伸ばして、小さな回転盤にふれた。キィキィキィキィ。回転盤はぐらぐらしながらまわった。ルイスはその音にビクンとして、ぱっとうしろを向いて、ジョナサンの杖を構えた。だれもいなかった。

　ルイスは台所をのぞいた。壁に小さなしっくいの飾り板が二、三枚と電気仕掛けの時計がひとつかかっている。赤いフォーマイカのカウンターとスチールパイプの椅子があり、椅子はやはりサクランボ色の革が張ってあった。すみに冷蔵庫があった。ルイスは冷蔵庫を開けて、コーラのビンを一本見つけた。でも、ほんとうにコーラだろうか？　手のなかでビンをひっくりかえしてみる。外側がざらざらして、泥がこびりついている。まるで土のなかに埋められていたみたいだ。なかの液体は——コーラより色が薄い。茶色がかった赤に見える。ルイスはビンを冷蔵庫にもどし、ドアを閉めた。家じゅうがブンブンとうなっているような気がする。自分の耳のなかで血が駆けめぐっている音だと、ルイスはわかっていた。ぶるぶるふるえている汗だくの手で魔法の杖をぎゅっと握ると、ほかの部屋を調べにいった。

一階をぜんぶ調べたけれど、なにも見つからなかった。こっちに椅子が一脚、あっちにはテーブルがひとつといったふうに、中途半端に家具がおいてある部屋があっただけだ。ランプはどれもプラグが抜いてあったけれど、どの部屋でもはだか電球がこうこうと輝いていた。ルイスは、明るい光に照らされた階段の下までできた。一瞬立ちどまり、それからいきなり杖で床をたたきだした。「おまえをやっつけにきた、アイザード！　出てこい！　ぼくがこわいのか？　わかってるぞ！　ぼくはおまえの正体を知ってるし、おまえの狙いもわかってる。魔法の古い法則に従って、決闘をもうしこむ！」

ルイスは自分の挑戦が、勇ましく堂々と響くよう願った。銀のトランペットを高らかに吹き鳴らすように。しかしじっさいは、ルイスの声はだんだん小さくなり、重苦しい沈黙のなかに吸いこまれていった。恥ずかしさで、頬がかあっとほてる。それから不安になってきた。

　ルイスは、〝魔法の古い法則〟なんてまったく知らなかった。ジョナサンの魔法の杖を握りしめ、杖がなんとかしてくれることを祈ってここまでやってきた。でも、今はそれもおぼつかなかった。杖は持ち主にしか威力を発揮しないかもしれない。そうだったらどうしよう？　アイザード夫人の魔法のほうがジョナサンのより強かったらどうすればいいんだ？

　ルイスは光を放つガラス玉を見つめ、それから階段を見あげた。くるりとうしろを向いて、全速力で家に逃げ帰りたかった。でも、そんなことをしたら、どうやってツィマーマン夫人とジョナサンと世界を救えばいいんだ？　どうやって自分のやったことを償えばいい？

　家はあいかわらず静まりかえっている。ルイスは大きく息を吸いこんで、階段を上りはじめた。

　半分ほどあがったところにある広い踊り場で、ルイスは立ちどまって写真を眺めた。この家で見た、最初の写真だった。どっしりとした長円型の黒い額縁のなかに、不機嫌そうな顔の年とった男の写真が入っていた。複雑な模様の壁紙の前にすわっている。もしかしたら立っているのかもしれないが、よくわからない。ルイスはしばらくじっと絵を見ていたので、絵の隅々まで覚えてしまった。男の頭はほとんどはげあがって、毛が二、三筋ほどなでつけられている。落ちくぼんだ目はルイスをぎろっとにらんでいるようだ。そしてタカのくちばしのような鼻。ルイスは男の着ているものを見た。先に折りかえしのついた、古風な堅いカラーをつけ、左手を玉のようなものの上においている。杖だろう。杖になにか文字が書いてあるように見えたけれど、なにが書いてあるのかまではわからなかった。

ルイスはそこに立ったまま、これはだれだろうと考えていた。もしかして……？　ルイスは写真をひったくるようにおろすと、裏を見た。なんの説明書きもない。ルイスはまたぱっと額をひっくりかえして、しげしげと写真を眺めた。どこか見覚えがある。そうだ！　この壁紙！　二階の正面の廊下に貼ってある壁紙だ。ローマ数字のⅡが渦巻き模様と組みあわさっている。今ぼくは、アイザック・アイザードの写真を見ているのだ。

やっぱり、なにもかもほんとうだったんだ。ここに住んでいるオマー夫人はアイザックの妻なんだ。墓から出てきたアイザックの……でも、なんのために出てきたんだ？　心臓がどきどきしている。こんなにおそろしい思いをしたのははじめてだった。もう、アイザード夫人と戦おうなんて気はなかった。ただここから出たいだけだ。ルイスは血走った目で階段の上の、暗い寝室のドアを見あげた。だれも出てくるけはいはない。ルイスは階段の下を見おろした。アイザード夫人が立っていた。

アイザード夫人はうすらわらいを浮かべ、手には象牙の柄の杖を握っていた。「さあて、ぼうや。どういうことかい？　夜中に人さまの家のなかをうろつくとはどういう了見なんだい？　なにが目的だね？」

ルイスは気を失うと思ったけれど、そうはならなかった。が、体がこわばるのがわかった。ルイスは杖を掲げた。「おまえがぼくたちになにをするつもりかは知らない、アイザード。だが、おまえにはできない。ぼくのおじの魔法のほうがおまえのより強いんだ」

アイザード夫人はヒーヒヒヒヒと耳ざわりな笑い声をたてた。「そのオモチャの杖のことを言ってるのかい？　おおかた、カファーナウム郡の祭りででも買ったんだろう。とんだお笑いぐさだねえ、ぼうや」

家のなかを歩きまわっているとき、杖はずっと灰色の光を放っていた。ところが、アイザード夫人がしゃべりだすと、玉はだんだんと暗くなっていった。はっとしてルイスが見ると、切れた電球のようにしか見えないものがそこにあった。

「さあてと」アイザード夫人は言って、一歩前へ出た。「これからだよ、ぼうや、ただほっといてほしいと思っている立派なご婦人の邪魔をするっていうのがどういうことか、思いしらせてあげよう」

アイザード夫人はルイスのしびれた手から杖をひったくると、階段の下へほうりなげ、おおいかぶさるように立った。メガネがきらっと光り、ルイスの目を射た。アイザード夫人は、うってかわって怒りに満ちた声でまくしたてた。

「土の奥ふかくに埋められるってことがどういうことか想像がつくかい？　暗い石に囲まれ、だれひとり声を聞いてくれる者はいない。見てくれる者もいない。いっしょにいるのは死人だけ。え、わかるかい？」

「そこまでにおし、アイザード。次の相手はもう、子どもじゃありませんよ」

階段の下に、ツィマーマン夫人が立っていた。ツィマーマン夫人の顔は下から射す不思議な光に照らされていた。床まである長い紫のケープをはおり、ひだの奥でオレンジの炎が燃えさかっている。片方の手に握られた黒く長い棒の上には透き通ったガラス玉がついていて、なかで紫紅色の星がキラキラと輝いている。星はツィマーマン夫人がしゃべると燃えるような光を放ち、黙るとすうーっと小さくなった。

アイザード夫人はくるりとふりかえった。そして、落ちつきはらってツィマーマン夫人と向かいあった。「おまえか。わたしの力はまだ完全じゃない。だが、おまえをやっつけるくらいの力は十分ある。失せろ！」

アイザード夫人は、象牙の杖をツィマーマン夫人に向けた。が、なにも起こらない。アイザード夫人の顔から笑いが消え、杖がカランと落ちた。

今度はツィマーマン夫人の番だった。ツィマーマン夫人が杖の石づきを床にカンとたたきつけると、紫の稲妻が階段をピカッと照らしだした。人間のものとは思えないおそろしい悲鳴をあげて、アイザード夫人はルイスの横をすりぬけ、階段を駆けあがった。ツィマーマン夫人はそのあとを追いかけながらさけんだ。

「館にもどって、ルイス！　勇敢だったけど、あなたの手に負えることじゃないのよ。逃げて！　わかったわね！」

ルイスは二段飛ばしで転がるように階段を駆けおりた。おびえていたけれど、うれしくもあった。ポーチの階段を下りかけたとき、奇妙な爆発音と鋭い悲鳴が響いてきた。落ち葉ひとつないレンガの道を走りだすと枝が伸びてきた。一本が左足に巻きつき、ぐっとひきよせようとする。ルイスは悲鳴をあげて、狂ったように足をばたつかせてひっこぬくと、通りを渡った。そして門を開けたとたん、ドスン！　となにかにぶつかった。堅いけれど、どこかやわらかい。ジョナサンおじだった。

もう限界だった。ルイスはジョナサンの青い作業着に顔を押しつけて、ヒステリックに泣きはじめた。ジョナサンは両腕でルイスを包みこんで、ぎゅっと抱きしめた。ルイスには見えなかったけれど、ジョナサンはルイスの頭ごしにハンチェットの家をじっと見つめていた。顔に冷ややかな笑みが浮かんでいる。二階の窓で、紫の閃光がひらめいた。と、となりの窓に冷たい青白い光がポツンと現れた。まるでだれかが、ちょっと変わったマッチかなにかをすったようだ。青い光はみるみる大きくなり、窓いっぱいに広がった。さらにとなりの窓へと広がって、弱まっていく紫の光を飲みこんだ。すると、花火大会で飛行機が落とす花火にも似た、にぶい大きな爆発が起こり、ジョナサンの耳をつんざいた。

二階の窓がふたつともあざやかな紫色にそまる。煙突がぐらりとかたむき、はめてあったレンガが次々と屋根をすべりおちた。生け垣がまるでハリケーンに襲われたかのように激しくゆれ、窓枠からひし形のガラスがぼろっとはずれて、下の小道にちゃりんちゃりんと音をたてて落ちた。そして、ふっと光が消え、家は静まりかえった。

ルイスは泣くのをやめて、うしろをふりかえった。たっぷり一分が過ぎた。すると、玄関のドアがギィーっと開いて、ツィマーマン夫人が姿を現した。ツィマーマン夫人はすずしい顔で階段を下りてくると、歌を口ずさみながらレンガの小道をすたすたと歩いて通りに出た。服のひだで燃えていたオレンジの炎は消え、足元から照らしていた魔法の光もなくなっている。手に握っているのは、古い傘だった。柄のところにクリスタルの握り玉がついていて、まだ紫の火種がわずかに残っている。反対の手には、ジョナサンの杖を持っている。ジョナサンの杖の飾り玉は暗いままだった。

「やあ、フローレンス」ジョナサンはまるで日曜の午後に道でばったり会ったかのように言った。

「どうだったんだい？」

「うまくいきましたよ」ツィマーマン夫人は言って、ジョナサンに杖をさしだした。「ほら、あなたの魔法の杖ですよ。かなりの打撃は受けたでしょうけど、回復すると思いますよ。アイザード夫人のほうは、どうかしらね。完全にやっつけたかもしれないし、ただしばらく活動できないようにしただけかもしれない。どっちにしろ、与えられた時間を有効に使って、あの時計を見つけましょう！」

第10章　壁のなかの時計

三人は家にもどって、ショックを受けた。カチカチという音は大きくなっていた。こんなに大きくなったのははじめてだ。まるでビックベンのなかに立っているみたいだった。ジョナサンはまっさおになった。「まるで……結末に向かって進みはじめたようだ。アイザードの細君は望みどおり死んでくれてないのかもしれない」

ツィマーマン夫人は部屋のなかをいったりきたりしはじめた。そして指輪についた紫の石でしきりにあごをこすった。「死んでないかもしれないし、死んだかもしれない。どっちにしろ、アイザード夫人をかたづけたところで、わたしたちの目と鼻の先で爆弾が爆発しないって保証があるわけじゃないんですから。最悪の事態を考えておかなければ。アイザード夫人がまだこのゲームに参加してるとしましょう、いいわね」ツィマーマン夫人は大きく息を吸うと、ふーっと吐きだした。「これはわたしが勝手に思ってるだけですけどね。昨日から考えてたんですよ。あの魔女はしかるべきときがくるのを待ってるんじゃないかって。あのかぎを使うときをね。しかるべきときにしかるべき行動を起こして、しかるべき結果を出そうってことですよ。いかにもあの魔女らしいじゃありませんか。そして、あの魔女の夫のね。あの男の魔法は論理的なんですよ。AからB、BからCって具合に、きちんとステップを踏んでいくんです。まるで時計をまわっている針の動きみたいにね」

「なら、こっちが論理的になったってしょうがないってことだな？」ジョナサンは奇妙な笑いを浮かべて、時計の鎖のクリップをパチンとはじいた。これをするときは、なにか考えがあるときなのだ。

「どういう意味？」ルイスとツイマーマン夫人は同時にきいた。

「つまりだな」ジョナサンは忍耐づよく言った。「われわれはそういうゲームは得意じゃないってことさ。得意なのは、いきなり襲いかかるとか、とつぜんわけのわからないものを発見するとか、漠然と考えたりすることだ。チェス盤を要塞で固めるかわりに、ナイトの駒をジャンプさせるのさ。勝ちたいなら、自分たちのやりかたでやるほうがいい」

ツィマーマン夫人は気むずかしい顔で腕ぐみをして聞いていた。「なるほど。とても論理的なご提案ですこと。チェスのときに、勝ち目のないかけに出る。テニスでは、ホームランを狙う。すばらしいじゃありませんか」

ジョナサンは動じた様子もなかった。「どうしていけないんだ？　わたしには火を見るより明らかだがな。ルイス、おまえさんにやってほしいことがある。エンピツと紙を持ってきて、これ以上考えられないってくらいばかばかしい指示をひねりだしてくれ」

ルイスはけげんな顔をした。「なんの指示？」

「お祭りのさ。つまり儀式だな。魔法の時計を隠し場所からひっぱりだす魔法ショー。できるだけイカれたものにしてくれよ」

ルイスはうれしくてわくわくしてきた。「わかった。そういうことならまかしといて！」そして棚まで走っていくと、黄色いタイコンデロガのエンピツとらくがき帳を出してきた。それから書斎へ駆けこんで、バタンとドアを閉めた。ジョナサンとツィマーマン夫人は、部屋の外でいらいらしながらいったりきたりして待った。そのあいだもカチカチという巨大な音は続いていた。

十五分後、ルイスがガラッと書斎のドアを開けた。そして青い線の入った便せんをジョナサンに渡した。裏までびっしり書いてある。ジョナサンは最初の一行を読んだとたん、のけぞってげらげら笑いだした。それからブツブツつぶやきながら残りにすばやく目を通したが、そのあいだじゅうクスクス笑っていた。ツィマーマン夫人はなんとかジョナサンの肩ごしに読もうとしていたけれど、最後には堪忍袋の尾を切らして、便せんをひったくった。ツィマーマン夫人の笑いかたときたら、ジョナサンの比ではなかった。フンフン、げらげら、くっくっ笑ったあげく、ようやくジョナサンに便せんを返した。

「いいでしょう」ツィマーマン夫人は言った。「そういうわけね。ではまず、家じゅうの窓に火をともしたロウソクをおきましょう。今回は本物のロウソクよ」

「そうだ」ジョナサンはうなずいて、鼻にしわを寄せた。「ルイスは残念ながら本物のロウソクのほうが好きなようだからな。まあいい、とりかかろう。棚の奥にロウソクの箱がいくつかあったはずだ」

ジョナサンが一階を担当することになり、ツィマーマン夫人が二階、ルイスが三階とステンドグラスの窓の担当になった。ほどなく、家じゅうが四月にクリスマスがきたみたいにこうこうと輝きはじめた。

ルイスはアイザード・アイザックのハルモニウムのある部屋のドアの前で一瞬立ちどまった。ロウソクがいっぱい入っていた靴の箱のなかをのぞいたけれど、一本しか残っていない。ここに立てようか？　いいや、もっといい場所があるはずだ。

太い赤色のロウソクを握ったまま、ルイスはほこりだらけのらせん階段をのぼって、ドーム型の屋根裏部屋へいった。そして、細長いドアをぐいと押すと、部屋はまっくらで、月光が床に筋模様を作っていた。ルイスは窓のほうへ歩いていった。そしてひざをつくと、奥行きのある銃眼のほうへ身をのりだした。

長円型の穴からのぞくと、空から見おろすようにハンチェットさんの家が見えた。いや、ほんとうなら見えたはずだということだ。丘は美しい月光に照らされていたけれど、ハンチェットさんの家だけは濃い影に沈み、屋根のとんがった先だけが黒々と浮かびあがっていた。

ルイスは心を奪われて、じっと見入った。するととつぜん、かすかだけれどもはっきりとカチカチという音が聞こえてきた。音は、ハイ・ストリート一〇〇番地のこの部屋にまで届いている。ルイスはぶるぶるっと頭をふると、マッチを取りだして、すばやくロウソクに火をつけた。

下におりていくと、ルイスが出した二番目の指示もそのとおりに行なわれていた。ツィマーマン夫人は、玄関わきの客間のオルガンで《チョップスティック》をひいていた。ツィマーマン夫人が立ちあがって食堂にもどっても、オルガンは《チョップスティック》をひきつづけた。こちらのは自動演奏オルガンで、ツィマーマン夫人が〝くりかえし演奏〟に設定していたからだ。ばかげた単調な音楽が、カチカチと鳴りつづける時計の音を今にもかき消しそうだったけれど、完全に消し去ることはできなかった。

ジョナサンが奥の寝室から飛ぶようにもどってきた。顔をまっかにしてハアハアあえいでいる。

「よし、次はなんだ？」

ツィマーマン夫人は紙をかかげて、おごそかな声で読みあげた。

「まぬけのエースが出てくるまで、トランプの〝こんばんは、フランク〟をやります」

ジョナサンは〝ボン・ソワール、ワン・フランク〟がなんのことかちゃんとわかっていた。ルイスが、ポーカーのことをそう呼んでいたのだ。はじめて八月の夜にゲームをしてから、三人はしょっちゅうポーカーをやっていたが、ルイスは、キラキラ光る真ちゅうの一フラン硬貨に刻まれている文字を読みまちがえて以来、ポーカーをその名で呼ぶようになったというわけだった。今では、相手に手札を見せるようコールするときは、「ボン・ソワール・ワン・フランク！」と大きな声でさけばなければならないというルールまであった。

　けれども、ジョナサンにはひとつだけわからないことがあった。ジョナサンは不思議そうな顔をしてルイスのほうを見た。「だがな、まぬけのエースっていうのはなんのことだか、教えてもらえるかな？」

「ぼくにもわからない。ただぽっと浮かんできただけなんだ。出てくればわかると思うよ」

　赤い箱から硬貨が出された。それから青と金の札も出す。ジョナサンはパイプに火をつけると、ベストのボタンをはずしたので、前を合わせているのはクリップの鎖だけになった。それからほこりをかぶった灰色のフェルトの古帽子をタンスから出すと、頭のうしろのほうにぽんとかぶった。ジョナサンいわく、これがポーカーをするときの正式な服装なのだ。

ジョナサンは札を切って配った。シュケル銀貨にギルダにダカット、フロリン銀貨にドラクマ銀貨にディドラクマまで、テーブルの上で硬貨がチャリンチャリンと音をたてる。最初は平凡な手ばかりだった。八のペア、カス、キングと十のツーペア。ところがそれから、みんなが六のカードをひきはじめた。おかしな平方根の記号と？マークが一面についている。ジョナサンもツィマーマン夫人も、魔法はなにひとつ使っていない。奇妙なカードは勝手に現れたのだ。巨大な時計がカチカチと鳴り、オルガンが《チョップスティック》を演奏し、ロウソクが燃えて、外の月に照らされた灰色の草むらに、果実や花や黄色のまだら模様を投げかけるなか、三人はひたすらポーカーを続けた。

半時間ほど経ったときだった。ルイスはカードを一枚ひいた。それは、まさにまぬけのエースだった。これだ。クラブやハートのマークのかわりに、トウモロコシの穂とピーマンの絵が一面についていて、まんなかに、とろんとした目の平たい黒帽子をかぶった男がいる。大学の教授が卒業式のときにかぶるような角帽だ。帽子の上にはアイスクリームがこんもりともってあって、教授は人差し指ですくってぺろりとなめていた。

ルイスは、二人にカードを見せた。

「まさしくこれだ！」ジョナサンはさけんだ。「まぬけのエースだ！　ひとめ見ればわかる。さて、これはどういう意味なんだい、ルイス？」

「おじさんはこのカードを風船ガムでおでこにくっつけなきゃいけないってことだよ。はい」ルイスは噛んでいたガムを出すと、ジョナサンおじに渡した。

「こりゃあ、どうも」ジョナサンは言った。そしておでこに札をぺたんとくっつけた。

「次は？」

「着替えて、ビリヤードの八の玉を持って下りてくるんだ。指示どおりにね」

「ふむ。よおし！　あれぜんぶか。では、のちほど」

ジョナサンは二階へあがっていった。そしてずいぶん長いあいだ、下りてこなかった。あんまり長かったので、客間のオルガンはあきてしまって《星条旗よ永遠なれ》をひきはじめた。ツィマーマン夫人はテーブルをコツコツとたたき、ルイスは待ち合わせでしびれをきらしたときに出るくせで、椅子のわきをピシャリとたたき、前後にゆれながら右足をピクピク動かした。

「さあ、ごらんあれ！」

ツィマーマン夫人とルイスはぱっと顔をあげた。階段のてっぺんに、ジョナサンが立っていた。いかれた色のキルトのケープをはおり、頭の上にツィマーマン夫人が作った花模様のトースターの覆いをかぶっている。ひたいにはまだまぬけのエースを貼ったままで、両手でなにか小さな黒い玉をささげ持っている。ジョナサンが階段を下りはじめると、オルガンは《威風堂々》をひきはじめた。が、すぐにあきて、ラジオのコマーシャルソングに切りかえた。

キューティクラにお電話を
香りは最高、まじりっけなし
薬用成分おだやかで
あなたも満足まちがいなし！

クラークスのスーパー一〇〇マイルガソリン
お客さまの評判もいちばん
中西部でいちばんの売りあげ
いちばんのガソリン！

スーパーサッズ、スーパーサッズ
スーパーサッズは泡立ち最高
たっぷり、たくさん、もちもよい
スーパーサッズに決まり！

厳粛な伴奏に合わせて、ジョナサンはしずしずと食堂のテーブルのほうへ進みでて、黒い玉をおいた。よくある占いに使う黒玉で、安売り屋で買えるようなものだ。玉のなかには液体が入っていて、ふると小さな窓のところにまっしろいカードが浮かびあがってくる。カードは三枚しかなかった。「はい」「いいえ」それから「たぶん」。

「さあ次は?」

「質問して」ルイスは言った。

「なにを?」ジョナサンはきょとんとして言った。

「月の円周ですよ、ひげじいさん!」ツィマーマン夫人がさけんだ。「シカゴの万博のあとで帽子をどこにわすれたか、とか! さあ、よく考えてごらんなさい、ジョナサン。あなたのききたいことはなに?」

「時計はどこにある?」ジョナサンは小さな声で言った。

客間から、やや機械的な拍手がどっと沸きおこった。オルガンだった。お得意のおふざけだ。ジョナサンはふりむいて、べっと舌を出した。それから、八の玉のおいてあるテーブルのほうに向きなおり、慎重にうやうやしく玉を持ちあげた。そしてマイクみたいに玉を持って、しゃべりかけた。

「時計はどこだ?」

玉についた窓は暗いままだった。ジョナサンはなかの液体が泡立つほど激しく玉をふりまわした。

「時計はどこなんだ？」そして、同じ質問をギリシャ語とラテン語とフランス語とドイツ語とエジプト中王国語でくりかえした。

「あなたのフランス語は聞いちゃいられませんよ」ツィマーマン夫人は玉をひったくった。

「さあ、わたしの番よ」

ツィマーマン夫人はまるで雨でもふっているかのようにマントの下に玉を入れると、玉に向かってベンガル語やらブイン―ウゴル語やらバスク語やら古ノルド語やらゲーズ語やらをつぶやいた。それから、レギオモンタヌス（ドイツの数学者、天文学者）やアルベルトゥス・マグヌス（ドイツの哲学者、神学者）やカリオストロ伯爵らが珍重したという鏡玉の秘密を明かす呪文まですべて試したが、やはりなにも起こらなかった。

「ぼくもやってみていい？」ルイスがおそるおそる小さな声で言った。

ツィマーマン夫人はルイスを見おろした。顔じゅうのしわからどっと汗がふきだし、目がらんらんと光っている。「なんですって？」

「ぼくもやってみようかな、と思っただけなんだ。もちろんぼくは魔法使いでもなんでもないけど、これはぼくの玉だから。ぼくがシカゴで買ったんだ……」

「そうよ！」ツィマーマン夫人はさけんで、ドンとこぶしでテーブルをたたいた。「もちろんそうですよ！　わたしたちはなんてばかだったんでしょう！　魔法のものは持ち主にしか反応しないのに。さあ。でもいそいで！」ツィマーマン夫人はルイスの手に玉を押しこんだ。

時計の音は小さくなっていたけれど、速くなっていた。

ルイスは魔法のオモチャを顔の前に掲げた。そして落ちついた声で静かに言った。「どうか時計の場所を教えてください」。

玉のなかでなにかが動きはじめた。そしてまっくろい風に吹きあげられた新聞のように、なにもないところから〝はい〟のカードがゆらゆらと浮かびあがってきた。そして玉の表面をすうーっと通りすぎ、同じように〝いいえ〟のカードと〝たぶん〟のカードが通りすぎた。そしてぴんと張りつめたまま数分が過ぎ、とうとう一枚のカードが現れた。〝炭坑〟

「〝炭坑〟って出てきたよ」ルイスはこわばった声で言って、ガクンとうなだれた。

「見せてくれるかね？」ジョナサンが優しく言った。ルイスは玉を渡した。

ジョナサンは玉を光のほうに掲げた。おでこにしわを寄せると、まぬけのエースがひらひらと床に落ちた。「たしかに、〝炭坑〟と書いてある。炭坑？　炭坑だと？　いったいなんのつもりだ？」ジョナサンはキラキラ光っている小さな玉をにらみつけた。このくわせものをマントルピースに投げつけてやろうかと思いはじめていた。

とつぜん、玉がしゃっくりをした。ジョナサンがぱっと玉をのぞきこむと、泡がいっぱいたっていた。

「ああ、なんてこったい！　ごらんよ、フローレンス。こいつは自分のことをベンディクス社製の洗濯機だと思ってるらしいぞ。ウイジャ盤（神霊術で使う、文字や数字や記号を記した占い板）を持ってくるとするか？」

「ちょっと待って」ツィマーマン夫人が言った。「泡がはじけそうですよ」

ルイスとジョナサンとツィマーマン夫人は息をとめて小さな泡がひとつひとつはじけるのを眺めた。ポン。ポン。ポン。永遠に続きそうだ。そのあいだも時計はカチカチと時を刻みつづけている。

が、ついに窓の泡が消えた。文字が浮かびあがっている。〝炭おき場〟

「なんだと！」ジョナサンは言った。「やってくれるじゃないか！　〝炭おき場〟とはな！

だいぶ進歩したよ、実際な！」

「この家に炭おき場はないんですか？」ツィマーマン夫人はきいた。

ジョナサンはいらいらした様子でツィマーマン夫人を見た。「もちろんないさ、フローレンス！　おまえさんも知っとるだろう。いいかい、この家を買ったとき、暖房はぜんぶ石油にしたんだ……ああ！　そうだ！」ジョナサンは口を両手でおおった。「そうだ！　見たことがあるぞ！　こっちだ、地下室にいこう」

ルイスとツィマーマン夫人は、ジョナサンのあとについて台所へいった。ジョナサンは地下室の扉を開けたが、とたんに顔をピシャリと打たれたように飛びのいた。カチカチという音が鼓膜が破れんばかりに鳴りひびいていた。

ジョナサンはツィマーマン夫人を見た。その顔はやつれ、目は恐怖に見開かれていた。

「傘を持ってるかい、フローレンス？　よし。では下りよう」

地下室の暗いススだらけのすみに、むかしの炭おき場があった。壁のうち二枚は、虫食いだらけの柱に灰色の薄板を打ちつけたもので、残りはしっくいを塗った石壁だった。その片方に、石炭が城壁のように積みあげてあった。ジョナサンが越してきたときからそこにあって、前からどこかへ運びだそうと思っていたものだった。

「わたしはどうしようもないまぬけだな」ジョナサンは静かに言った。そしてシャベルを思いきりうしろにひいてから、ガッガッと石炭をすくいはじめた。ルイスとツィマーマン夫人も手で手伝い、すぐに石炭はぜんぶどけられた。

「隠し扉があるようには見えんな」ジョナサンは秘密のバネや隠されたレバーがないか探しながら言った。「だが、それらしく見えちゃ、秘密とは言えん。そうだろう？　フムフム……ちがう、なにもない。つるはしを使わなきゃならんようだ。下がっていてくれ」

ルイスとツィマーマン夫人が壁からじゅうぶん離れると、ジョナサンはつるはしをふるいはじめた。時計の音はどんどん速くなってスタッカートになり、つるはしの音がまるで拍子をとっているみたいにドン、ドン、と低く鳴りひびいた。つるはしが打ちつけられるたびに、白っぽい灰色のかけらがあちこちに飛びちる。が、思ったよりも簡単だった。最初のひとうちで壁はぐらりとゆれてポロポロ崩れだし、ほどなく頑丈そうに見えた壁は地下室の固い土の床に粉々になって散らばった。壁はほんとうの壁でなくて、しっくいで作った模型だった。そのうしろから雨風にさらされた古い木のドアが出てきた。黒い陶器のノブがついている。下に金属の板があったけれど、かぎ穴はなかった。

ジョナサンはつるはしを柱に立てかけると、うしろにさがった。

「ぐずぐずしてるひまはありませんよ！」ツィマーマン夫人がいらいらして言った。「早くドアを開けて！　大きな不幸におそわれるかどうかのせとぎわだって感じがするんです！」

ところが、ジョナサンはあごをこすりながら立ちつくしていた。ツィマーマン夫人は我慢できずに、ジョナサンの腕をつかむとゆさぶった。「いそいで、ジョナサン！　いったいなにを待ってるんです？」

「ドアを開ける呪文を思いだそうとしとるんだ。おまえさんは知ってるかい？」

「どうしてひっぱってみないの？」ルイスが言った。「かぎがかかってないかもしれないよ」

ジョナサンはそんなばかばかしいことは聞いたことがない、と言おうとした。が、言いそびれた。ドアがひとりでに開いたのだ。

ジョナサンとツィマーマン夫人とルイスは、まじまじとドアを見つめた。三人の目の前に、長い廊下が伸びていた。まるでほんとうの炭坑穴みたいだ。四角い木のアーチがずらりと並び、奥の暗やみに吸いこまれるように続いている。すると、トンネルの突きあたりで、ぼんやりとした灰色のものがうごめいているのが見えた。だんだんと近づいてくるようだ。

「見て！」ルイスはさけんだ。

ルイスが指さしたのは、灰色の影ではなかった。トンネルの床だ。そう、すぐ足元の床においてあるもの。

時計だった。ウォータベリー社のなんの変哲もない古い八日間巻き（一度ゼンマイを巻くと七日間動く時計。八日目に巻くことからこの名で呼ぶ）の時計だった。

小さなガラス扉のうしろで振り子が狂ったようにゆれている。時計は、壊れたガイガー計数器みたいな音をたてていた。

「悪いねえ、わたしの仕事をやってもらって」うしろから声がした。ジョナサンとツィマーマン夫人はぱっとふりむいて、凍りついた。ほんとうに凍ったのだ。手も足も頭も動かすことができない。耳をピクピクさせることすらできなかった。見たり聞いたりするほかは完全に麻痺してしまったのだ。

　アイザード夫人が立っていた。もしくはオマー夫人でも、なんでもいい。黒いベルベットのマントをはおり、首元に象牙のブローチをとめている。ブローチにはギリシャ文字のオメガが浮き彫りになっていた。右手に飾りのない黒い杖を握り、左手には切断された手のように見えるものを持っている。その手の甲から火のついたロウソクが立っていて、黄色い光がまるく輪になって広がっていた。その光を通して、灰色の平たい石板みたいなアイザード夫人のメガネが見えた。

「あんまり疲れてないといいんだがねえ」年とった魔女はいやらしい声で言った。その口調にはあざけるような調子があった。「ほんとうにそう思っているんだよ。でももし疲れてるとしても、それはすばらしい目的のためなんだ。わたしゃ、一人じゃなにもできなかったんだよ。なんにもね。なぜって、このとおり、わたしは墓から解き放たれてから、壁や扉を通りぬけることができるようになったけど、このかわいそうな両手は道具を使うことができなかったのさ。こいつを見つけるのだって、ハンマーハンドル氏の手を借りなきゃならなかったんだからね」

そう言って、アイザード夫人は杖をはなしたが、杖は一人で立っていた。アイザード夫人はマントのひだのなかに手を入れた。取りだしたのは、緑色がかった銅のかぎだった。アイザード夫人はかぎを高く掲げて、くるっと回転させた。「きれいだろう？　あの男にはどこを探せばいいかちゃんと教えたけど、かなり大変だったようだね。あれは、命令に従うって点では天下一品だよ。おかげで、簡単に向かいの家で暮らせることになったしね。だが、残念ながらこれでぜんぶ終わり、おしまいさ。おまえさんたちは、わたしの思うつぼにはまったのさ。まさかほんとうにこのわたしを倒したと思ったんじゃあるまいね、え、そちらの口うるさいばあさん？　おまえさんは最後の審判の日を早めただけさ。もうはじまっている。わが主なる神がわれわれに会いにこられる。そしてそのとき、この世界はまったくちがうものに生まれかわるのさ。すっかりね。どうだい……一足先に変わってみるかい？」アイザード夫人はジョナサンを指し、それからツィマーマン夫人を指した。「そうさ、それがいい。おまえさんたち二人が先だ。そうすりゃ、ここにいる坊やはゆっくり見物できるからね。おまえさんも見たいだろう、ん、ルイス？」

ルイスはアイザード夫人に背を向けて、まるでマネキンみたいに身動きひとつせずに立っていた。

「こっちをお向き、ルイス」アイザード夫人は最初から使っている、甘ったるい声で言った。「アイザードおばさんにキスをしてくれないのかえ？」

それでもルイスは動かない。

「さあ、ルイス。これは命令だ。ばかなまねはおよし。そんなことをしても、ますますひどい目にあうだけだよ。こっちを向けといってるんだ！」

ルイスは体にぐっと力を入れ、トンネルの奥へ向かって走りだした。そして、時を告げる前のジィーッという音をたてはじめた時計をぱっとひっつかんだ。

「やめろ！」アイザード夫人はさけんだ。「やめるんだよ、この汚いブタめ！　母親にもわからないような姿にしてやるよ……やめろ！　やめて……」

ルイスは時計を壁にたたきつけた。バネがビョーンとはねとび、歯車がガチャガチャと散らばって、板がバリッと割れ、砕けたガラスがチャリンチャリンと飛びちった。ルイスはばらばらの残骸に手を伸ばすと、まだ怒ったようにズーズーいっている振り子をベリッとひきはがした。その瞬間、今やほんの数ヤードにまで迫っていた灰色の影が、すっと消えた。ボロボロの黒い晴れ着を着た老人だった。それから人間のものとは思えないおそろしい悲鳴があたりをつんざいた。まるでサイレンのようにその声はあたりに満ち満ち、空気をまっかに染めた。ルイスは耳をふさいだけれど、その声は頭のなかや骨の髄までしみこんだ。そして、悲鳴は消えた。

ルイスはうしろをふりかえった。ジョナサンが微笑みながら、目をしばたたかせていた。満面の笑みを浮かべたツィマーマン夫人もいる。二人のうしろを見ると、地下室の床の、ブラブラゆれているはだか電球の下に、ぼろぼろになった黒い布が転がっていた。布のなかから、黄ばんだ頭蓋骨がじっとこちらを見あげている。驚いたように口をぱかっと開き、すべすべした頭骨の割れ目にわずかに灰色の髪が貼りついて、からっぽの眼窩にはふちなしのメガネがちょこんとのっていた。レンズは粉々に砕けていた。

第11章　新しい友だち

アイザード夫人と魔法の時計が滅ぼされてから、三日たっていた。ジョナサンとツィマーマン夫人とルイスは、ハイ・ストリート一〇〇番地の車寄せにたき火を囲んですわっていた。肌寒い夜だった。頭の上で星が冷たく輝き、たき火では暖かいあざやかなオレンジ色の炎が燃えている。ツィマーマン夫人のかたわらには、湯気をたてているココアの入ったポットがある。ツィマーマン夫人はココアがさめないように、ポットを火のそばに近づけた。ジョナサンとルイスは火を見つめながら、マグからココアをすすった。おいしいココアだった。

ジョナサンはひざの上に、ほこりをかぶったアイザック・アイザードの紙束をのせていた。そして一枚ずつとっては、火のなかに投げこんだ。ルイスは火がめらめらと紙のはしをなめるように燃えあがり、まっくろになった紙がみるみるうちにまるまって、カサカサした灰の玉になるのをじっと見ていた。

しばらくしてルイスは口を開いた。「ジョナサンおじさん？」

「なんだい、ルイス？」

「アイザード夫人はほんとうに世界を終わらせようとしてたの？」

「わたしがわかっているかぎりではな」ジョナサンは言った。「それに、きっとやったと思う。もしおまえさんがあのとき時計を壊さなかったらね。なあ、ルイス。どうしてあのとき、おまえさんはうしろをふりかえらなかったんだい？」

ルイスはにっこり笑った。「ぼく、時計についていたガラスの扉を見てたんだ。アイザード夫人が持っているものが映ってたんだよ。ぼくには、あれが〝栄光の手〟だってすぐわかった。ジョン・L・ストッダードが栄光の手についてはぜんぶ書いていたからね」

「おかげで助かったわ」ツィマーマン夫人は言った。「あの手を見た者は、みんな体が麻痺してしまう。あのときのわたしたちみたいにね。あなたが時計に突進して壊したのは、すばらしい勇気だったと思いますよ。だって、自分がどんな目にあうかもわからないのに、あんなことをしたんですから」

ルイスは黙っていた。それまでずっと、勇気というのは自転車でたき火のなかを走りぬけたり、木の枝からひざでぶらさがったりすることだと思っていた。

ツイマーマン夫人はチョコレートチップ・クッキーのお皿をとると、みんなにまわした。ジョナサンが二枚とり、ルイスはもっととった。しばらくみんななにも言わずに、クッキーをほおばり、ココアをすすっていた。ジョナサンはさらに紙を火にほうりこんだ。

ルイスはもじもじして、通りのむこうのまっくらな家を眺めた。

「アイザード夫人はその……またもどってくることはあると思う？」ルイスはくちごもりながら言った。

「ないね」ジョナサンは重々しく首をふった。「だいじょうぶだ、ルイス。おまえさんが時計を壁にたたきつけたとき、あの魔女が持っていたこの世界での力はすべて消えたんだ。だが、念には念を入れて、魔女が残したものはぜんぶ霊廟にもどして、まあ新しいピカピカの南京錠で扉を閉じておいた。ちゃんと呪文をかけたものだ。これでしばらくは出てこられないだろう」

「ハンチェットさんたちは？　またあの家にもどってくると思う？」

ジョナサンは答えるまえに、一瞬考えこんだ。そして時計の鎖についているクリップをパチンと鳴らしてから、ようやく言った。「もどってくると思う。だが、帰ってくるまえに、しかるべき儀式を行なっておかねばならん。一度汚れた霊が住みつくと、去ったあとも悪い霊気が残るものなんだ」

「悪い霊気とか汚れた霊と言えば、ハンマーハンドルはどうしたか知っている？」ツィマーマン夫人が言った。

ジョナサンの顔が一瞬くもった。ハンマーハンドルの運命についてはすでにいくつか見当をつけていたけれど、自分のなかだけにとどめていたのだ。ひとつだけたしかなのは、首をつった人間の血は、栄光の手を作るのに使われるということだった。

「さあ、わからんな」ジョナサンは首をふりながら言った。「地上からかき消えちまったみたいだ」

とつぜん、ルイスがまたもじもじしだした。なにかを言い出そうとしているみたいだ。

「あの……ジョナサンおじさん？」声がかすれて、うわずっていた。

「なんだい、ルイス？　言ってごらん」

「ぼくが……ぼくがアイザード夫人を墓から出したんだ」

ジョナサンはおだやかな笑みを浮かべた。「ああ。知ってたよ」

ルイスはあんぐりと口をあけた。「どうして？」

「懐中電灯を墓においてきただろう。アイザード夫人を墓にもどしにいったとき、落ち葉に埋もれてるのを見つけたんだよ」

「ぼくを少年拘置所に送る？」ルイスはおびえた声でささやくように言った。

「なにをするって？」ジョナサンは信じられないといった顔でルイスを見た。「ルイス、わたしのことを鬼かなにかだと思ってるのかね？」

ジョナサンはふっと笑った。「それにだな、わたしが子どもだったときにやろうとしたことをおまえさんがやったからといって、おまえさんを罰するわけにはいかないだろう？おまえさんと同じで、わたしはかなり早いころから魔法に興味を持っていた。家系に流れる血なんだよ。そのとき、わたしは女の子の関心をひこうとしたんだ。おまえさんはタービーをひきとめようとした。そうじゃないかね？」

ルイスはしょんぼりとうなずいた。

「ルイス」ツィマーマン夫人が言った。「ちなみに最近はタービーとはどうなの？」

「あんまりうまくはいってないよ。タービーとぼくとは友だちになれないんだ。タイプがちがうもの。でも、もういいんだ」

「もういい？」ジョナサンが言った。「よくないだろう！　あの生意気な……」ジョナサンはふっと黙った。ルイスの顔に、ちょっと得意げな笑みが浮かんでいるのに気づいたのだ。

ジョナサンが眉をよせると、とび色の毛虫が二匹くっついているように見えた。「ルイス・バーナヴェルト！」ジョナサンはどなるように言った。「なにか隠してることがあるんじゃないか？」

ルイスはにやにや笑いそうになるのを必死でこらえた。「いや、たいしたことじゃないよ、ジョナサンおじさん。ただ、新しい友だちができたんだ」

「ええ？　ほんとうに？」ジョナサンとツィマーマン夫人は同時に言った。

「うん。ローズ・リタ・ポッティンガーっていうんだ。マンション通りを下ったところに住んでるんだよ。いろんな大砲の名前をぜんぶ言えるんだ。聞きたい？　セーカー砲、ミニオン、ファルコネット、デミカルヴァリン砲……」

「あああああ！」ジョナサンはさけんで、紙をがばっと両手でつかんで火にほうりこんだ。

「それだよ、必要なのは。エリザベス朝時代の大砲の専門家さ。ひとつだけ約束してくれ、ルイス」

「なに？」

「おまえさんとちっこいロージーが地下室を大砲の鋳造工場にするときは、ツィマーマン夫人とわたしに知らせてくれよ。そうしたらわれわれはオシー・ファイヴ・ヒルズの親戚のところへいくから。いいな？」

　ルイスはくすくす笑った。「わかったよ、ジョナサンおじさん。かならず知らせるよ」

　ジョナサンはパイプをふって、たき火のほうへ向けた。落ち葉がそわそわとしだして、集まって巨大な黒い玉になった。たき火はカボチャちょうちんに変わった。それから三人はかわるがわる、カッカと燃えているちょうちんの目や鼻や口にクリの実をほうりこんだ。ボン！　ボン！　ボン！　クリの実は、マスケット銃の一斉射撃みたいな音をたてはじけとんだ。

ジョナサンとルイスとツィマーマン夫人は火のまわりにすわって、ずっとしゃべっていた。やがてオレンジ色のしかめっつらは、プシュッと空気の抜けるような音をたてて崩れおちた。三人は立ちあがると伸びをして、ふらふらしながらベッドへともどっていった。

訳者あとがき

この『ルイスと不思議の時計』は、二〇〇一年に出版された『壁のなかの時計』（「ルイスと魔法使い協会」シリーズ第一巻）に、今回全面的に手を入れたものです。当時の訳者あとがきで、わたしは物語を次のように紹介しています。

物語は孤児になったルイスがおじと住むため、古い町の大きな古い屋敷にやってくるところから始まります。このジョナサンおじさんというのが実は魔術の心得がある魔法使いで、となりに住むツィマーマン夫人も（ドイツの大学で魔術学の博士号までとったという）魔女でした。ひとがいいけれどどこかたよりないジョナサンと、非常に理知的でありながら優しさにあふれるツィマーマン夫人に愛され、ルイスは第二の家庭を手に入れます。

しかし、そんな生活に影を落とすことがふたつありました。ひとつは、ルイスは運動が苦手でいじめられっ子だったこと。そして、もうひとつが、屋敷の前の持ち主である魔法使いアイザードが残していった、壁のなかで鳴りつづける魔法の時計でした。このふたつがいつしか結びつき、おそろしい事件を巻きおこすことになります。

古い屋敷、魔女、秘密の通路、隠し扉。そんな言葉を聞くだけでわくわくするあなたは、この本にぴったりの読者です。いい魔法使いと悪い魔法使いの闘いという、昔からくりかえし語られてきたテーマを軸に広がっていくこの物語は、まさにファンタジーの醍醐味を味わわせてくれる作品といっていいでしょう。

しかし、この本の魅力は善と悪の闘いというテーマをはみ出したところにもあります。ゴシック・ファンタジーの名手と言われた作者ジョン・ベレアーズは、黒魔術や地下室、幽霊、墓場などゴシック小説に使われる道具立てをふんだんにとりいれ、おどろおどろしい、思わず背筋がぞくっとするような雰囲気を物語にふきこみました。真夜中の屋敷の壁におどる木漏れ日。灯油のにおいの漂う幽霊。内側からドンドンたたかれる霊廟の扉。そして、なによりも見えない時計が時を刻むカチカチカチという音。そんな細かな描写が、読者の頭だけでなく、五感に訴えてきます。

ゴシック小説というのは、十八世紀にイギリスで生まれた文学です。この理屈ぬきの恐怖を描く小説が大流行したのが、理性の時代と呼ばれる十八世紀だったのは、とても興味深いことです。科学では説明できない不思議。論理でわりきることのできない出来事。そんな非理性的なものを描くのが、ゴシック小説だからです。こうした文学が、現代にふたたび注目を集めているのは、偶然ではないと思います。

それから十七年、そしてベレアーズが最初に物語をかいてから四十五年がたち、今度、本書が映画になり、またもや（三度？　四度？）注目を集めることになりました。イーライ・ロスが監督をつとめる映画では、ジョナサンおじをジャック・ブラック、ツィマーマン夫人をケイト・ブランシェットが演じることになっています。なぜ今、またこの物語がスポットライトを浴びることになったのでしょう？　それは、おどろおどろしい舞台や事件を描く一方で、ルイスや続巻に出てくるローズ・リタといった子どもたちに作者が温かい視線を注いでいることが、理由のひとつではないでしょうか？　ルイスは両親を失くしますが、ジョナサンおじとツィマーマン夫人という愛情あふれる大人たちに守られ、ふたたび家庭を手に入れます。この作品には、古くて新しい、大切なテーマがこめられているのです。
みなさんが、いつまでもこのシリーズを愛してくださることを心から願って。

二〇一八年八月二十日

三辺律子

本書は、
二〇〇一年四月アーティストハウスから刊行された「ルイスと
魔法使い協会」第1巻『壁のなかの時計』を、静山社ペガサス
文庫のために改題・再編集したものです。

ジョン・ベレアーズ 作

『霜のなかの顔』(ハヤカワ文庫FT)など、ゴシックファンタジーの名手として知られる。1973年に発表した『ルイスと不思議の時計』にはじまるシリーズで、一躍ベストセラー作家となる。同シリーズは、"ユーモアと不気味さの絶妙なバランス""魔法に関する小道具を卓妙に配した、オリジナリティあふれるストーリー"と絶賛され、作者の逝去後は、SF作家ブラッド・ストリックランドによって書き継がれた。

三辺律子(さんべりつこ) 訳

東京生まれ。英米文学翻訳家。聖心女子大学英語英文学科卒業。白百合女子大学大学院児童文化学科修士課程修了。主な訳書に『龍のすむ家』(竹書房)、『モンタギューおじさんの怖い話』(理論社)、『インディゴ・ドラゴン号の冒険』(評論社)、『レジェンド―伝説の闘士ジューン&デイ―』(新潮社)など多数。

静山社ペガサス文庫✦

ルイスと不思議の時計 1
ルイスと不思議(ふしぎ)の時計(とけい)

2018年9月12日　初版発行

作者	ジョン・ベレアーズ
訳者	三辺律子
発行者	松岡佑子
発行所	株式会社静山社 〒102-0073 東京都千代田区九段北1-15-15 電話・営業 03-5210-7221 https://www.sayzansha.com
装画	まめふく
装丁	田中久子
印刷・製本	図書印刷株式会社

© Ritsuko Sambe　ISBN 978-4-86389-459-4　Printed in Japan
Published by Say-zan-sha Publications Ltd.

「静山社ペガサス文庫」創刊のことば

小さくてもきらりと光る、星のような物語を届けたい――一九七九年の創業以来、静山社が抱き続けてきた願いをこめて、少年少女のための文庫「静山社ペガサス文庫」を創刊します。

読書は、みなさんの心に眠っている想像の羽を広げ、未知の世界へいざないます。読書体験をとおしてつちかわれた想像力は、楽しいとき、苦しいとき、悲しいとき、どんなときにも、みなさんに勇気を与えてくれるでしょう。

ギリシャ神話に登場する天馬・ペガサスのように、大きなつばさとたくましい足、しなやかな心で、みなさんが物語の世界を、自由にかけまわってくださることを願っています。

二〇一四年

静山社